山光水影

山光水影

也 斯

OXFORD
UNIVERSITY PRESS

OXFORD
UNIVERSITY PRESS

Oxford University Press is a department of the University of Oxford.
It furthers the University's objective of excellence in research, scholarship,
and education by publishing worldwide. Oxford is a registered trade mark of
Oxford University Press in the UK and in certain other countries

Published in Hong Kong by
Oxford University Press (China) Limited
39/F, One Kowloon, 1 Wang Yuen Street, Kowloon Bay, Hong Kong

© Oxford University Press (China) Limited

The moral rights of the author have been asserted

First edition published in 2002
Reissued 2017

山光水影

也 斯

ISBN: 978-0-19-593830-2

This impression (lowest digit)
3 5 7 9 10 8 6 4 .

目　錄

山水

聲光

表裏

序

李國威

　　也斯沒有太多不凡的經歷，但是，他常常從平凡的生活中發現深意，形諸創作，自有不凡之處。

　　他對香港這城市懷有一份深厚的感情，自童年時代從近乎鄉村的黃竹坑搬到北角，他便處處留神，城市的街道、人群、山水、光影、顏色、歡樂與哀傷，深深地吸引着他。香港在蛻變，他的感受和思考與歲月一起累積，也在寫作中留下永不磨滅的痕跡。

　　關於他的寫作特色，他在另一本散文集《山水人物》(新版改名《街巷人物》)的前記裏這樣說過：

> 我常想把我遇到的人物和風景記下來，不是為了記錄，而是存心留神。寫東西幫助我學習觀看，找尋事物的意義。我接觸的多是平凡的人物、尋常的風景，於我有道理，便提筆寫下來了。風景可能只是小巷的風景，不是名勝，即使離島的山水，也有生活的磨蝕了；若果我從家裏的電器感到季節的變化，又或者把春天比作母豬，那並無不敬，只是對人們習慣驚歎的美沒有同感，老老實實寫出自己的感受；我宿營的過程毫不輝煌，也從未在失眠的晚上，計劃征服沒人到過的高山，對我來說，有人才有趣……

這些特色都可以在本書《山光水影》找尋得到。

他特別關懷人在社會裏的遭遇和表現，他寫的往往是普通人，在他們身上他觸摸到一些不那麼平凡的道理。

他說：

> 為什麼總想寫人物呢？也許因為人使我想得最多。人是這麼奇妙，又這麼可歎。人可以做得好，有無限的可能去塑造自己；但人又可以變得那麼可怕，攻擊或傷害別的人，這就不禁叫人想到那在背後影響和改變人的因素了。我想多觀察、多聆聽不同的人。吸引我去寫某個人的，或者是他身上某種質素，或者是他身上見出不同社會的影響，在這意義而言，一個生活在馬路上的人和一個藝術家同樣重要；一個著名的作者和一個普通女學生是可以並列的。

人的哪些質素會吸引他呢？

也斯喜歡那些全心全意把自己的工作做好的人。例如一間燒鴨店的老闆兼燒烤師傅，他每天只做一定數量的燒鴨，但求人客得嘗美味便於願已足，絕不會因為生意好便馬虎胡來、多做多賺；他熱愛自己的燒烤技藝，做出十全十美的燒鴨就是他生活的意義，也斯「嘗到那些美味，便覺得他有他的意思了」。

寬大開朗、堅韌溫厚、經歷創傷而仍然熱愛生活的人，對也斯是最可親的。他母親就是這樣一個人。

她從前吃了不少虧、經歷了不少挫折，卻絲毫沒有辛酸的怨氣，對人總是那麼好的；從她插一瓶花、煮一味魚香茄子所表現出來的快樂，從花的明麗的容顏、魚香茄子的不同凡響的味道，也斯深切地感受到人的美好素質，禁不住在〈母親〉這篇散文中，對母親、對一切美好的人發出讚歎。

又如畫家夏迦爾，也斯所以喜歡他，是因為他有堅韌的生命力、深沉的愛：

> 他經過第二次大戰的可怖日子，失去妻子貝拉，卻在畫面上為她佈置更美麗的家庭⋯⋯即使在最繽紛夢幻的畫面中，我們總可以找到他的俄羅斯故鄉小村的人物，他所愛的人，他喜愛的事物，像一撮泥土那麼可以親近。

也斯自小便喜愛文學藝術。父親早死，寄人籬下，他的童年是不愉快的，但文學藝術給他以安慰。他在《山光水影》裏所寫的一段關於畫家馬蒂斯的文字，可以概括他的感受：

> 有人說馬蒂斯喜歡在他朋友的牀邊，舉起他自己的畫作，像日光燈那樣照着他們。我十分喜歡這個傳說，他的畫那麼明亮溫暖，確是有一種康復的力量，可以照得臥病的人好轉的。

也斯投身寫作，也是因為有着這樣一顆溫暖的心。他

很少寫到自己，很少說自己是怎樣怎樣的一個人，但從他作品所表現出來的信念和愛意，可以想見其為人。

本書分生活、山水、藝術和人物四個部份，你可以跟隨也斯的步伐，走進可親可愛的人群，走進不是名勝卻又別具韻味的山水和街道，走進一個可以讓你深深玩味、感悟良多的世界。

也斯留神觀看、用心思考。筆下一山一水凝聚着深思，尋常風景寫來不尋常；從平凡的生活提煉詩情，說人說事散發着溫暖。

一九八五年九月

冷　暖

深深淺淺的綠色

　　小巴經過的路上，陳舊灰牆邊擱着一個綠色玻璃瓶，那是一種孤寂的暗綠。然後車子經過交通燈，一種浮腫的綠。橫街裏一輛雪糕車，一種不成熟的淺綠，太輕太輕的叮噹。光是這些深深淺淺的綠色，就夠你記下來。你可以一直記下這個綠那個綠直到每個人發悶為止。而世界上的確還有很多綠色，分辨各種不同的綠色，已經夠一個人忙的了。

　　小巴開回頭。我以為它跟我開玩笑，把我載回原來的地方。原來它要兜一個大圈。停在一輛車旁邊，綠色的，那是電車；然後我們又再開車，離開了；又一次，停在另一輛車旁邊，綠色的，這次是垃圾車。

　　然後我們又開車。離開了。我們離開各種綠色。數一數：舞廳招牌的綠字、沿地一列排開的盆栽、銀行牆壁的綠色。又是草、又是雨衣、又是新奇士紙盒招牌的底色、又是那外國人的褲子。又是山上的樹，又是牆上的污漬。又是生長，又是腐朽。

　　每一種綠色都是不同的。你可以數出，從鰂魚涌往灣仔車上所見的，各種深深淺淺不同的綠色嗎？樹在搖動，雨要落下來了。校園旁一個綠色的電話亭，有人正在打電話到遠遠的地方去。雜貨店裏綠色的衣架，沒有掛着甚麼。麵舖裏一個綠色的大「麵」字，

後面是騰騰湧起的白蒸氣，虛渺的白色前面，一個實在的綠色大字。我的眼睛仍在搜索綠色，我錯過一些，找到一些。你用看着綠樹的眼睛，看見一個帶笑的人；你看見憂傷的眼睛，看見滿天陰霾了。風景互相沾染，人群清濁夾雜，你坐的車，左彎右拐在其中前行，偶然看見人家露臺上爽神的一點青蔥；偶然一幅巨大的廣告牌，蒼白了大家的臉色。駛近一輛車，又離開了。我不想追隨流行的顏色，但也不會掉過頭去不看滿街繽紛，反正世界上總有那麼多不同的綠色。

（一九七七年二月）

花　燈

　　中秋節前一晚，我們到朋友家去做花燈。一捲鐵線、一些彩色的玻璃紙、加上膠水、剪刀、洋燭等等，這便動手做起我們的花燈來了。有人做蝴蝶；有人做老鼠；有人做一個小圓桶，然後他說那是一個車輪包；有人做一隻蜻蜓，因為頭垂了下來，所以說那是一頭憂鬱的蜻蜓；有人做了半邊的飛蟲，紮上各種彩紙，然後用一根棒把它豎起來；有人做公主的小帽；至於我，我做一頭犀牛。等到大家都做好了，便給花燈點上洋燭，然後關上電燈。在黑暗中，七八盞花燈透出的亮光烘亮了我們的臉。不過是簡單的彩紙和鐵線，卻可以做出一些發光的東西來。這些人造的動物，靜靜地伏在那裏，內心有一支洋燭在燃燒，透過外面彩色的玻璃紙，讓我們看到那閃耀的心在動。夜深了，偶然，一盞花燈的洋燭燃盡，花燈的墊底燃燒起來，花燈主人便連忙撲熄它，而其他人就唱：快樂誕辰……

　　中秋節晚上，我們到維多利亞公園看花燈。草地和小丘上，到處坐滿了人。人們坐在草地上，把花燈掛在樹的枝頭，在身旁用洋燭圍一個圓圈。有時，有人用盛可樂的紙杯覆在洋燭上，於是這平凡的東西也煥發起來了。人們坐在燈和光的中央，吃月餅、喝

酒、談話。人們在燈旁邊走過，像我們，欣賞肥胖的魚燈、飛機和坦克車、或者是一頭被人牽着走的烏龜燈。人在燈光間穿梭，整個山頭點點的光因為人影掩映而忽明忽滅。我們說明年要再做一些更大的花燈帶來。坐在路旁的鐵欄上，看有人用氣球放起一盞花燈，漸升漸高，漸去漸遠，它終於成為天上的一顆星星，久久停在那裏，我們走遠了還回頭，擔心這星星會掉下來……

(七四年十月)

竹 琴

　　家中有一個竹琴，是朋友送的。是一截巨大的竹筒，中間開了洞，上面拉上幾根弦線。我不知可有這麼大株的竹，因為是手做的琴，所以美麗得很樸素。

　　我童年時在以竹為名的鄉下住過，也沒見過這樣的竹。而且現在由做的人拉上弦，彈起來就可以聽見悅耳的聲音。懂得的人用手按着弦線，熟練地按撫它，它就唱出整首歌來了。

　　可惜的是，這琴落到我手中不久，就斷了一根弦。而因為它的構造比較複雜，要探到裏面去才可調回那弦，所以就這樣給擱下來了。我說了一次又一次要修好它，正如我說了一次又一次要寫應該寫的信、做應做的工作、辦妥瑣碎繁雜的事務一樣。

　　那真是一個美麗的竹琴，任它那樣擱置在那裏是可惜的。我嘗試拿起來，但修理是那麼困難，好像教一個外行的人沒法探手進它的心裏。它的弦壞了，我又沒法換上另一根弦，所以它就變成沒法彈奏出音樂的琴了。

　　這真是可惜。我就只是任它擱在那兒。它像一尊雕像、一株羅漢松或是一根印第安人的圖騰柱地豎在那裏。任它有這麼美麗的外貌、美好的素質，就是沒法發出美麗的聲音來。

有人説：「這樣也好，豎在那裏，像一件現代藝術品！」許多現代藝術品都像棄置的用具，但我寧願它可以在人手裏發聲。何況壞了的一根弦捲起來，令人感到像有一個傷口在那裏。

我從天后誕帶了幾個紙風車回來，五彩繽紛的，就插在這空竹筒的寬口中。這樸素的雕塑有了一點顏色。它的傷口插上這多彩的裝飾。當風一來，紙的風車瑟瑟轉動，它像在絮絮説話，它彷彿也開始懂得遮去啞默難言的煩憂。

（一九七五年七月）

米

看見一些米粒濺在地上，混和着灰塵。儘管這樣幾粒米，可能不值甚麼，但也許因為那顏色，也許因為自小的觀念，總是覺得，米粒是不應混和灰塵的。

就像許多別的事情一樣，我們現在是多見煮成的飯，少見原來的米了。我是記得米的。童年時常到一個親戚家去，那兒是個米舖，門前的木桶中盛着米，一個個小丘似的。偷偷把手插進去，有一陣爽快的清涼。舖中四壁疊着盛滿米的麻包袋。偶然有一個空間掛着開張時人家送的賀鏡。在這四壁疊滿麻包袋的舖子中，坐在腳碰不到地面的高凳上，聽着主人家的太太認窮，不過我們知道那親戚其實富有。那時候，米就是財富了。

還有就是，童年時蹲在母親身旁看她洗米，那樣兩手合起來磨着米。可見由米煮成飯，也不是容易的一回事。近年來電飯煲等普遍了，種種生活方式的改變，我們也離開米愈來愈遠。年紀大一點的人，才會說我們不知道當日香港淪陷時，要找一包米是多麼的困難。

米的故事，也是最平常最基本的故事吧，張愛玲《留情》的主角姓米。與其說它說的是愛情，不如說是現實生活。

最近看黑澤明的《沒有季節的小墟》，也有一段米的故事。小職員告訴同事過去怎樣騙米：「弄濕了飯鍋，走去請人家秤一些米，講價後不買，把米倒回去。這樣走多幾爿米舖，就夠一餐飯了。」後來他同事看見他被惡妻欺侮，替他不值，叫他把她趕走，他反而生氣，要打他的同事了，他說：「騙米那樣的日子，也是她跟我一起挨過來的。她就算有諸般不是，你憑甚麼要我趕她走？」像米一樣平凡，像米一樣實在的一個故事。

（一九七六年一月）

火車站

　　火車站搬遷後，到舊車站去過一次。那是黃昏的時候，經過天星碼頭。那天下着微雨，灰灰濕濕的，在對岸，已經亮起一盞一盞燈光。我還以為可以走進舊車站去，在那空盪盪的大堂裏坐坐；走到門前，才發覺鎖起來了。一扇陳舊的鐵閘，在閘的空隙中，不知怎的塞着許多舊報紙。皺成一團的舊報紙，裏面是皺成一團的舊新聞。塞在銹黑的鐵閘的灰縫。望過去，裏面已經灰沉沉的，整個大堂沒有人，只有微風吹起一兩片紙屑。

　　但在裏面，大堂左邊，車站的辦公室中，似乎還是有人的。那房間的燈亮着，給黑暗的大堂瀉出一片燈光。裏面隱約有人在説話，而在旁邊，一個活動的廣告牌子，還是照樣機械地移上移下，移上，移下……

　　另一天，晴朗的天氣，在紅磡碼頭，走過新火車站去看看。想像中是康樂大廈或海運大廈那樣的新款建築，去到，卻發覺差得遠呢。

　　走一段天橋的路，進了火車站，還走一段通道。那麼長，兩邊灰灰的，沒有甚麼裝飾，像在隧道中行走。最後轉到新火車站的大堂，地方是大了，但卻那麼散亂。好像還未完成，還有待修飾。坐在火車站

的餐室裏，只見外面停車的地方，有許多未劃分的空間，在車站的地方，又擠着太多人了。

舊的火車站，好像熟悉過份，再沒有甚麼特別的感覺，新的火車站，又像陌生得還未能習慣，跟我們隔着一段距離。舊的東西，在時間中爛熟；新的東西，未經時間洗禮，又是如此生澀。

(一九七六年一月)

花　生

　　我有時想：我們這群人就像花生漫畫的人物，是那些不知天高地厚、煞有介事地做事情的小不點。像漫畫的幾個主角，整天吵鬧不休，吵過了又沒事；一天到晚覺得被別人氣死，大喊「老天！」(Good Grief!)等到走出外面，遇見別的人物，才會發現世界凶險；我們自己之間可以開開氣死人的玩笑，外面的世界卻是根本連玩笑也不跟你開的。

　　看花生漫畫，常在它的人物身上看見我們這群人的影子，不禁發出會心微笑。比如阿祥，就常像聰明狗那樣說要去流浪；但他其實更像查理布朗，因為他的流浪變成笑柄，電髮變成笑柄，不知怎的連提議冬令營也變成笑柄。他做甚麼都被我們取笑，正如查理布朗，這當然是善良可愛的一面，但有時也會像史諾皮，一下子反臉無情，連禮物也要收回，像《聰明狗走天涯》那部電影那樣，叫人啼笑皆非。

　　當然，這也不過是小孩子的賭氣，我們最多也不過如此。都是情緒化的人物，好處是還會過後自我檢討，有點不好意思。花生漫畫的薄荷柏蒂一往情深，死心塌地；這群人中的女子，卻百分之九十是惡女露茜。大喊一聲，幾個查理布朗變作滾地葫蘆。

　　至於我自己，我想是屬於拉那斯那一型。整天守

在田裏，相信南瓜之神的出現，結果卻連萬聖節也睡過去了。拉那斯沒有信心，常常要帶一條毛氈；每當我被迫要跟印刷廠或發行之類聯絡時，我就常常想帶一條毛氈，壯壯膽子。

(一九七五年十一月)

草地上的午餐

　　我們上到山上，天上下起毛毛雨來。(說或許會到山上來喝咖啡的朋友，敢情是不來了。說如果來就來吧，那意思即是說：不來了。)我們走進那圓形的大廈中，翻翻昂貴的畢卡索版畫，在超級市場買一包有威士忌的巧克力，走上走下，然後就說出去看雨停了沒有吧。

　　雨沒有停，這怎麼可以走到山頂去呢。看來我們這些「行友」沒有甚麼好行了。看來還是得到咖啡店坐下來。可是不知誰那麼聰明，提議說剛才那商店中不是有油紙傘賣嗎？於是我們就折回去一群人買了兩把油紙傘，而既然買油紙傘又為甚麼不買麵包呢，而既然買麵包又為甚麼不買乳酪呢，而既然買了乳酪我們就決定撐着油紙傘到山頂野餐了。

　　(誰又猜到，這時不知上不上山來喝咖啡的朋友已經一家三口舒適地在咖啡室中喝咖啡而且剛才從玻璃窗看見了我們，而且這時正在對他的小小的兒子說：兒子呀，你長大了不要學他們那班「行友」那樣隨山亂跑呀！)

　　於是我們撐着小小的沒有塗上花朵、所以最便宜也最美麗的油紙傘，向山頂走去。雨漸漸歇了，濕氣卻是重的，霧飄忽地隱沒了一些山峰，遠眺的時候，

看見廣闊的海洋連着天空，盡是灰茫茫的一片。

我們坐在那最高處，感覺四週的濕冷空茫，嘴裏嚼的卻是實在(或許有點韌)的硬麵包。如果再多一瓶紅酒，那就很完美了。偶然有一陣微雨，便架起傘來，看草上帶着水滴的白珠，遠望青翠的樹叢，再遠是海，灰色的海上，一點點的船隻，偶然一頭鷹在山旁飛過。有人伸手指着遠處，説着話時，在那遠方，雲層後透出亮光，照在海面上，在那兒，已經天晴了……

(而在這時，我們坐在咖啡室中的朋友正在對他的小兒子説：那群傻瓜，這時一定是在雨中滑倒了，雨天是不適宜爬山的，你記着爸爸的話。)

(一九七六年五月)

文字玫瑰花

　　文字真是可愛的東西，有時，也許因為它太可愛了，我們往往愛上文字，而忘記它是一個符號，指向一種意義，是一座橋樑，幫助溝通。有時，我們中有些人，愛上文字本身。

　　比如說：你或許是對星光沒有甚麼感覺的，對原野和草原的印象很模糊，雨天漫步叫你着涼，面對夕陽的時候光是坐在那裏打呵欠，而玫瑰花？不要提了，它使你敏感，噴嚏打個沒停。

　　好了。等到你寫文章的時候，你忽然覺得要來幾兩(或者幾斤)詩意，你在草原上獨自帶着一朵玫瑰花，天上既下着雨又有夕陽，而且還有——一點一點的寒星，每一顆叫你想起一個患絕症的愛人。

　　不要以為傷感的文字才是好笑的。另一個極端也可以是一種徵狀。比如說：你說你極端厭惡小資產階級的生活，你覺得父母兄弟的想法都反動，你擁護打起批判寫實主義大旗的進步電影，因為它們有一定程度的積極意義。

　　用成套的別人的字彙，表面上是流露了感情、表達了政見。其實那些字彙只是一個殼，比甚麼還厚的殼，躲在後面，根本沒表達甚麼。

　　崇拜字眼的結果，是把文字和感受分開、把文字

和行動分開。等於選衣服。我今天喜歡的字彙衣服是「仁慈」，於是我連忙搶來穿上。我說：我這人沒有甚麼好處，就是仁慈。老黃欠我十塊錢，但他是個不仁慈的人，所以我開槍把他轟死，為民除害。我沒有別的好處，就是仁慈。

又假如我今天喜歡的字眼是積極、慷慨、崇高、義氣……我就說：唉，坦白說，我這人沒有學到別的好處，就只是有積極、慷慨、崇高、義氣幾點。我以前殺了幾個人，都是因為他們做不到這幾點。真是可惜！上帝保佑他們的靈魂！對字眼崇拜，可以把行動和文字分開到這樣的地步。可愛的文字，往它背後一躲，甚麼責任都推得乾乾淨淨。可愛的文字，可憐的人。

(一九七六年十二月)

兩層玻璃外的冬天

陰霾的天氣。在紐約，還有大風雪呢！不知凍死了多少人。

老李要回紐約探親，阿莊和我都在恐嚇他：你知道，那是甚麼天氣？到時跟老頭子喝上兩杯，倒在街頭，不成了雪人了？

我們熱心地提議：不如你去探訪蘇辛尼津，也許要經中央情報局，討論寫作技巧的問題；不如你去探訪諾曼美勒，說：我是你的中譯者，你的舞文弄墨，把我害得不淺。呀，還是你去探訪亨利米勒──不，米勒應該在加州，或者其他有陽光的地方，正在打乒乓球，像《花花公子》刊出的照片顯示的那樣。

陰霾的天氣，這麼灰灰白白的一個中午，幾個舊朋友，居然可以好好地坐在這裏談話，這樣的機會，以後恐怕不多了。我們吃過了飯，又去喝咖啡。那些女孩子不讓我們坐靠窗的位子，說：外面關了，今天太冷，你們還是坐在裏面吧。我們始終弄不明白，外面的寒冷，怎會影響玻璃窗內的人。寒冷起來，許多事情是不明白的。然後阿莊走進來，說：「隔着兩層玻璃外面的冬天……」你看，不是說他會寫詩嗎。

說起來，事情可多了。溫暖的咖啡之外，總有一個嚴寒的天氣。我們不同意冬天，冬天也不見得同

意我們。於是就總有那麼多風雪和砂石，在每一個地方。只有朋友澄清你的疑慮，肯定你的堅持，補足你的欠缺。朋友在冬天的謠言的怒吼中，仍然清楚地聽見你的聲音。

總有那麼多滑稽的事情，笑破了肚皮。這麼多人擠在室內，大家各說各的。有時，到頭來，你不得不提高聲音，說一句話。

隔着兩層玻璃，冬天永遠在那裏，幸而我們也仍在。說外面的寒冷不會影響室內？錯了。每個人永遠暴露在冬天最嚴苛的攻擊中。所以總是記得溫暖。即使在風雪的寒天，也有人千里迢迢地回去跟父母見一面。沒有溫暖又怎行？這麼冷的天氣，會凍死人的呢！

（一九七七年二月）

小巴的倒後鏡

　　碼頭那個老人依舊在收集人們不要的舊報紙；又有一對年輕男女，分別派發硬卡，宣傳教授外語的錄音帶，我沒有接。有人接過，還不是扔在那邊的垃圾箱裏。若是舊報紙，倒還有人收集來再派用場。跳上一輛小巴。早上的小巴沒有放工時份的小巴漲價那麼厲害。在車頭的座位，可以看得更多，聽見的音樂更響亮。水撥沒有削去一角屋宇，在市場附近，收音機卻開始唱聖母頌。大片紅紅的牛肉。橙紅色的圓橙。主婦挽着的一紮綠菜上有點黃花。聖母瑪利亞。有人在修路有人在吃豆腐花。聖母瑪利亞。我們所見的盡是片段。一曲柔和的歌頌把事物唱成完整。

　　小巴在兜圈子，那個主婦又走回來，綠菜中的一點黃花。她也在兜圈子，於是我的眼睛也在兜圈子，我但願是UFO萬能俠，一跳衝破地心吸力，走入新的軌跡。但是坦白說，每個人都在兜圈子，那天有個年輕人罵中年人在兜圈子，他們說得自己好像是不同的，好像自己是三一萬能俠、蠔面超人，都盡是打破地心吸力的傢伙。我不知道，如果他們在小巴的倒後鏡裏，看到自己的樣子會有甚麼感想。人貴自知，這是小巴倒後鏡的教訓。想到這些事情，使我忍不住捧腹大笑，可惜小巴司機在我旁邊，他看來心情不佳，詛咒了綠燈又詛咒

紅燈。我只好忍住笑。後來他在十字路口停車，往鏡子裏瞧了瞧，就沒有再說話，只是靜下心來，聽一闋聖母頌，我倒是開始有點尊敬他了。

坦白地說，車裏的人還是在車裏，兜圈子的時候還是大家一起兜圈子。也許每條道路都只通向一處，也許道路都不通，所以有人修路，有綠燈又有紅燈。有人說車行得慢，司機憤然說：「你下車行給我看看！」他也就噤聲了。有個胖婦人在後座批評她朋友的女兒，我在倒後鏡裏看見她血紅的嘴巴一開一合，配上節拍，我還以為她在唱聖母頌呢。

（一九七七年四月）

祈願達摩

不要小覷這一個小小的紅色的老頭，這像一個皮球又像一副棒球手套一樣的玩偶。據說你可以向它許願的哩，朋友。在深紅色的頭顱上，臉孔四週畫上金色的斑紋，那大概是鬍子吧，在一橫紅線般的嘴旁，可又有一紋紋的黑鬚。臉孔是粉紅色，而在眼睛該在的那兒，是兩個空白的圓圈。據說，你可以許下一個願望，然後給它的一隻眼點睛。將來，等這個願望實踐以後，你就可以再給另一隻眼點睛。

外面的天氣又和暖過來。我喜歡轉變中的天氣，好像可以答允你許多願望似的，窗外綠樹的葉子泛出一點棕紅，不是枯萎的棕色，是像祈願達摩的臉孔那樣的粉紅色。不過我把點睛的權利讓給別人，在這天氣和暖過來的窗前，仍然低頭工作。那一點點顏色是很吸引的，教人在停下來的時候，眼睛禁不住望出窗外去。但我可不大清楚是不是樹葉由綠色變為粉紅色，抑或那種樹根本就是有這樣銹色的葉子，我害怕把枯萎的棕色誤當生長的微紅。

工作的時候，有時又望這祈願達摩一眼。現在它已經點上一隻眼睛。小小的一個紅色玩偶，大概是用硬紙塑的，在手裏掂不出甚麼斤兩，自然不會叫人以為它是神的化身了。不過它確是可愛的，那麼緊閉着

嘴，嘴旁留着一橫橫貓鬚，而新點上的一顆圓眼，瞪視着前面，那麼認真，那麼緊張，即使你不當它是一回事，至少它也當自己是一回事。

　　有時在浪漫的狂想落空，夜晚的空言說盡以後，回來看看這祈願達摩的樣子，心裏也有點好笑，它背負着人們的願望、認真思索着人們的願望，因此也弄成十分嚴肅的樣子了。這一隻眼的黑珠看着前面、另一隻眼是空白一片的祈願達摩，無疑也有它的煩惱和它的願望吧。因為它是這麼認真，因為它是這麼人性化，即使沒有實效，我也喜歡它的。

（一九七七年三月）

母 親

　　肥大紫藍色的茄子，像個好脾氣胖婦人，躺在那兒睡着了。夢見旁邊圓滾滾的紅番茄；還有大大的苦瓜，像個滿臉皺紋的老頭兒，笑起來，滿臉的皺紋都跟着笑，一點也不苦澀。

　　起先是母親買了茄子回來做「魚香茄子」，她說沒見過那麼肥胖的茄子，像一個人粗壯渾圓的臂胳，拿給我們看；又順手把圓熟的紅番茄放在碟邊，再加上綠色的辣椒和苦瓜、黃色的玉蜀黍，像一盆花那樣放在客廳裏，這麼多飽滿的顏色，全放在一個碟上，看來叫人垂涎。

　　母親喜歡花，往市場買菜，常常帶回一束花，叫屋裏忽然一下子明亮起來。平凡的日常生活裏，總有不同形態的花朵，在屋子的角落生長。她又照顧盆栽，告訴我們花的生命。她長久料理它們，偶然來訪的人客，或許只看到綠葉裏掙出的一朵紅花，或許只看到一片枯葉。

　　母親的花朵不是為了客人，她喜歡屋子裏有盛開的東西。她做事比誰都盡責、煮菜比誰都出色，她負起許多責任，料理那麼多事情，實在是辛勞的。但她沒有埋怨，還一直喜歡花朵。

　　童年的時候，常常不明白母親為甚麼願意吃虧，

有時人家欺負她善良，她明知也不計較。我心裏總是生氣。但母親不是軟弱的人，她在最大的逆境中挨過來了，那種強韌的生命力，就這樣是看不到的。現在我長大了，知道這裏頭有值得學習的地方。對人的善意和不計較，正是心如花朵的一面。

看過母親年輕時的照片，相信她當時是燦爛的。我知道她年輕時演白話劇，看新文藝雜誌和西洋電影。不過戰亂以來的二十多三十年，在生活中一定失去了不少東西。經歷那麼多挫折，失去最心愛的事物，又掙扎那麼多年，現在才好像站定下來透一口氣；但經過這麼多，她絲毫沒有辛酸的怨氣，還欣賞做飯時買來的平凡茄子明艷的容顏。

（一九七七年四月）

兩個少女

今天報上同時刊出兩個少女的死訊。一個是無法進入大學，悲憤自殺；一個是在公寓，遭人扼斃。

前者據說是個好學的學生，考中大入學試考得不錯，卻因學位不足被拒於門外。一面做事，一面再考，等了四年，還是沒法入大學，憤而自殺，控訴香港的教育。

後者則與一青年男子同赴公寓，未幾該男子表示女友服食了興奮劑暈倒，致電報警，警察來到，發現女子陳屍房中，頸際有瘀痕，相信遭人扼斃。

對於不清楚的詳情，我們無法猜度，但這兩件事，雖然都是特例，卻又有普遍性存在。從這例子中，我們看到兩個處於香港這樣的社會中的少女，對知識和愛情的追求，如何最後同樣面對落空。

這些事，不可能純是社會或個人的錯，必然是兩方面的，香港教育制度的畸形，已經不知有多少人說過了，但實際上卻不見有任何改變。人們一面說不必讀大學也可以活得快樂、也可以有其他出路；但另一方面，許多這樣說的人，自己根本同樣勢利，誇耀的還是文憑。而且往往是同一學院、同一派系的，又得到許多方便。就出路來說，少數學院畢業，成了優差的保障。學額既少，許多人自然養成心理，以為非爭

取到不可。認為考不到大學就要自殺，固然只是個人的虛幻想法，但無疑亦是由於一般社會風氣而形成的偏執之見，正如遭人扼死的少女，既是個人悲劇，也與社會風氣有關一樣。

香港是個狹窄侷促的地方，尤其對於開始成長的青年來說，更往往感到沒有出路、無所歸依。除了實際的現實出路外，更希望抓着一點甚麼，那一點甚麼，或許是知識，或許是愛情，每個人都感覺那就是心理的出路，那一點甚麼，會改變他們狹隘的現實，局限的生活。不幸的是，這尋求可能真實亦可能虛幻，不慎掉到更深的泥沼中，而現實還不曾改變。

（一九七七年四月）

一團麵粉

孩子手中把玩着一點甚麼。灰白色的。他用兩隻手搓它。

「是甚麼？」大人問。

「先生給的。先生給我們玩的。」

大人接過來一看，說：「原來是麵粉！」

「麵粉！」孩子跟着說。

「麵粉有甚麼奇怪，家裏也有呀。」大人說。

孩子沒有說甚麼，專心地把手裏的麵粉搓成長長一團，把頭尾接起來，又變成一個圓形，他把它貼到門上去，一邊說：「是蟲呀！」

他跑來跑去，又要把它貼到椅背，又要把它貼到牆上。掉到地上又再拾起來，搓扁了又再搓圓。現在這團灰白色的東西，成了一個圓環，當中是空心的，孩子就說：「是曲奇餅！」

大人做大人的事情，孩子玩孩子的，過了一會，他說：「你給我搓一頭狗好嗎？」

搓了一個身體，又搓了四隻腳，孩子就汪汪地吠叫起來了。

「你給我搓一個爸爸。」

於是人人便從那團麵粉中，拉出手腳和頭顱來。

「怎麼沒有眼睛的？」

於是便用關上了的原子筆端，印上三個小圓圈：
兩個是眼睛，一個是鼻子。

　　「怎麼沒有嘴巴的？」

　　於是便用鎅刀畫了一道弧線。孩子滿意了，笑嘻
嘻地看着：居然可以從一團灰色的麵粉裏，搓出一個
人來。他這裏那裏的，修飾一下。

　　過了一會，他拿來一把戒尺，把這麵粉人切成
一截一截。

　　「怎麼？你切掉爸爸了？」

　　「不是，我在切豬肉呀。」他說。把這些現在是
豬肉的東西，放進他的小鍋子裏。

（一九七七年九月）

給畫拍照

陽光時強時弱，有時把一幅土地照得發亮，有時又帶來一片陰暗。

我們找尋一幅理想的空地，給畫拍照。避開陽光的暴虐反覆，避開車輛和人群來往的騷擾。那些幾十年前的畫冊，自有它們的光度。攤開它，有些保存得很好，有些已經發黃，有些帶着霉斑，有些帶着皺紋或是小小的破損，日影移過來的明暗。那麼陳舊的畫頁，攤在水泥地上，叫人以為是剛從地層下挖出來的，出土文物。

我幫忙移好照相機、拉長腳架、挪正畫冊、翻過畫頁。從早晨到中午，天氣漸漸轉熱，叫人冒汗，脫去衣服。我蹲在那裏，移動一個按鈕，感到有點荒謬：怎麼無端做這麼一件不相干的差事。可是，那些畫，確是需要拍照。畫是美麗的，轉瞬即逝，有人「卡嚓」一聲，把這偶然有機會看到的古老美好的東西，保存下來。我一張一張翻過畫頁，笨拙又謹慎，也許手有點顫慄。它們那麼古老難得，又是那麼脆弱，彷彿一不小心，就會把它撕破、把它弄皺，弄成無可挽救的錯誤。

光線轉變，我們不斷測量光度，移動腳架、避開移近來的日光。我們打開一包畫，又包好另一本。我

緩緩地翻過一頁。呵，這回算是開了眼界。因為政治的干預、權威的偏見，好好的山水花鳥也一直不見天日。要等到我們一張張翻開，我們緩慢又迅速地翻過去，「卡嚓」一聲，拍成照片。時間沒有很多，不容你在那些風景中流連。手依依不捨地翻過去。但也不要緊，只要拍成照片，將來就可以有更多人看到、更仔細地翻看。

渾身都是汗了，而時間又趕着呢。不要緊，只要那些畫是好的。它們或許在陰涼的地方獸了幾十年，現在我們帶它們來陽光下做運動，舒活筋骨、呼吸空氣，讓它認識更多朋友。只要讓它活過來，那我即使傻瓜般蹲在這裏做一個學徒也很高興了。

(一九七七年六月)

曬太陽的方法

　　冷氣船艙裏坐滿了人，我們索性推開門，坐到甲板上去。頭上一橫陰影，可以坐在那下面看書，但當渡輪開行，陰影緩緩收斂，我們正是暴露在日光之下，最好就是曬太陽了。

　　身上還帶着鹽漬和沙漬。剛才游泳完畢，跑去沖身，才發覺制水剛剛開始。現在索性脫去外衣，讓爽快的陽光，沖洗全身。不是炙熱，並不難抵，溫和的烘照，加上海風，是舒適的。

　　甲板上不一會就聚了很多人，大家都在曬太陽。同是一艘渡輪上的乘客，但各有不同的曬太陽的方法。我最先注意到對面一個少年，他也是脫去外衣，還仰高了臉，好像要爭取吸盡每一分陽光；在他旁邊，一個中年的外國婦人，膚色像熟透的紅色果物，一看就知道是已經吸收充分的陽光。她坐在那兒，有時跟旁邊的少年說一兩句笑，沒有特別留意太陽。

　　幾個嘻嘻哈哈的小女孩，站在船尾的尖端，向我們這邊笑。原來是對着我們背後的玻璃門，看反映中的自己，靠着玻璃的反映比高。

　　又有人推開玻璃門出來，是一個穿灰色細格褲子的中年人，他走出來，這邊那邊看看，抬頭看一眼陽光，又退回冷氣房去了。又有幾個人走出來，趁陽光

還在，拍一個照。在少年的對面，船尾的另一邊，又一個外國婦人帶着孩子。孩子坐在嬰兒車裏，母子一起曬太陽。母親的態度閒適，嬰兒不時揮動小小的手臂。

在她們母子身旁，另有一位少女坐在摺椅上。她身着密實的白裙，雙腳卻是暗灰色。那是因為她穿了絲襪。她彎下身，正在撥弄鞋子，過了一會，才看見她原來是解了鞋扣，讓雙腿舒適一下。這雙灰暗的腿，像兩頭臃腫而猶豫的野獸，試探地爬上前面低低的鐵欄，舉起頭，笨拙地轉動，初次嘗到陽光的滋味。

（一九七七年七月）

民新街

　　早晨的陽光淡淡的、暖暖的。在我們街口，又看見那賣水果的老人、修理水喉的老人。他們各坐在街口的兩旁，好像是這小街的守護神。街道很短，只有幾幢大廈，而且街道只有一個入口，他們坐在那兒，幾乎認得全街的人了。賣水果的老人，穿一件短袖的白內衣，背一個盛錢的藍布袋，坐在水果箱上，跟我們招呼。有時母親前一天買了西瓜，他遇見我們就會問：「昨天的西瓜甜嗎？」那個修水喉的老伯，一次一次為我們修好脆弱現代的膠製抽水器，有時是小毛病，他很快弄好，就搓着兩手，搖頭不肯收錢，退出門外去了。

　　我們街道這邊是雜貨店，還有新開的汽車修理鋪和一爿廢紙行，在對面，修水喉的老伯那邊的街道，是一列廉租屋。街口那幢最近拆卸，包起布幅和竹蓆的棚子，黃色的機器車開進去，把地面挖成一個個窟洞。在大廈外面地上堆滿了泥和木板，又搭起臨時的行人道。那老伯也迫得搬了位置。如果繼續拆，不曉得他會搬到哪裏去。

　　在街尾的地方，是一個小小的垃圾站。再後面，一條泊車的小巷，然後就是山邊了。風吹起來，山上綠色的竹樹都沙沙作響，給人清涼的感覺。青山和垃

圾，最美麗和最醜陋的，都全在這裏了。

早晨的時候，鳥兒吱吱鳴叫。新開的車行和紙行帶來了更多的聲音。洗汽車的婦人在大聲説話，有時有個車主高叫起來：説人家故意弄壞他的車。從窗子可以看見這些車輛，靜靜泊在這兒，一輛黃車的車頂有叢叢葉影，旁邊一個人不知咯咯地在敲甚麼。在晚上可以看見駛進來的車燈一閃一閃。有個晚上，下面人聲嘈雜，原來是警察在那兒搜白粉。車主、警察和閒人吵作一團。那晚的月亮又圓又白，映在玻璃窗上。記不起是不是十五。在早晨的時候走過，可以看見車位都空了。人們都去了工作，只留下一條靜靜的街道，仍有人咯咯地敲着一點甚麼。

我們從街尾轉入屋邨的後門，那兒有一幅空地，是散步的好地方。一幢一幢大廈和停泊的汽車之間，有花園般的空地。在一張石凳上，一位朋友和她兒子正在曬太陽。她就住在這兒。兒子八個月大，看起來挺健康。他胖胖的，常常笑；膝蓋那兒好像有兩個酒渦，也像在笑。她在石凳上鋪了一幅白布，讓他爬來爬去。她説每天早上帶他出來曬太陽，玩一小時左右，然後回去給他洗澡。

這孩子動個不停。過一會，他又用雙手雙腳支着身體，好像在那裏做掌上壓。他看來健康又快樂，一看就知道是在充分的照料和愛護之下長大的。這屋邨倒是有這個好處，有孩子遊玩和曬太陽的空地。

不過，我們的朋友説，這兒的屋宇將會逐漸拆去。街首那幢先拆，建成更高的大廈。然後她們住的

街尾那幢，就會拆了。孩子踏在石凳的白布上，身上健康的皮膚反映着陽光的顏色。在他背後，街頭那幢大廈蒙着陰鬱的屏障，不知要建成怎樣的新廈。

大廈間的空間更狹窄了。據說，這兒原來都是遊玩的空地，但逐漸的，許多空地都劃成車位。在擠迫的汽車佔去的地方之間，這母親和孩子悠閒地在石凳上坐一個早晨，曬這還未被擋去的暖暖的陽光。

我們散步回來，經過街頭，看見圍滿木板的建築地盤外，那位修理水喉的守護神已經不在了。街道一半安寧、一半骯髒。街尾我們朋友住的那幢樓宇，仍是安安靜靜的閉着門。過去她姊姊和姊夫在的時候，住在地下，我們常常過去玩，甚至搬了張凳子過去坐在門前叫門。有一次，他們開了罐頭豆豉鯪魚，在麵攤那兒買了碟油菜，捧上來我們家吃消夜。麵攤好像已許久沒有開檔了。近山邊那兒，有人搭了木板，不要連青山也拆去了吧？

（一九七七年七月）

清涼的天氣

今天是週末，下午無事在中環亂逛，在「藝川」門前，看到《歐洲版畫展》的海報，便跑上去看看。展出的版畫不很多，但很高興看到有芬尼、阿普諸人的作品在內。

里安娜・芬尼的畫有四五張，多是人像，顏色纖麗、敏感。我喜歡其中的《婦人》和《貓》。芬尼是阿根廷女畫家，在意大利作畫成名，她的畫我們一向看得不多。有位外國畫家說過：「她的繪畫使人暈眩。」暈眩？也許不至於。那是一種明明是現實而又隱伏着敏感的影子使它看來像是不真實的感覺。

阿普的畫剛好相反。鮮明、大膽、天真，像一個口快舌快的人，有甚麼說甚麼，一副童言無忌的樣子。畫面上毫無陰影，是一個沒有過去的現代人，那種明淨是健康而愉快的。記得以前看過一部短片，拍的就是阿普。他是個胖子，費力地塗抹，他的環境灰黯，周圍生活刻板。但當我們看到他的畫作，顏色卻那麼鮮明快活。像這次看到的幾幅：粉紅色鼻子的貓兒、紅尾巴的動物。創造者從灰黯的現實中，挽救出一頭一頭紅鼻子紅尾巴的夢想。同時展出的還有十多二十位畫家，有幾張畢飛的，一張阿里真斯基的，此外還有真森的幾張。

＊

　　走在街道上，有點涼意了，電燈桿上的標貼，在風中掀起一角晃呀晃的，拍動着。風吹來。或者沒有風。但從空氣中你也可以感到有些甚麼是轉變了。肌膚的感覺是最真實的感覺。感覺轉變中的清涼的天氣。

＊

　　在書店中，翻了又翻，終於決定買下尚・路易・巴候的回憶錄。我一直記着他的《天堂的小孩》，他不僅是演員，也是法國的戲劇大師。一個從事戲劇工作的人，主要在舞台上表達自己，但他亦有需要用文字表達自己的時候。我喜歡看回憶錄：舞蹈家、演員、作家或任何人的回憶錄。應該有更多人寫回憶錄，寫寫他們的生命。當然，那未必是準確的。正如巴候說：「那些可以準確地說出他們的生命是怎樣子的人是多聰明呀，事實上，我有我的感覺，你有你的。」不要緊，我們便看看別人的感覺吧。

　　決心開始看這本大書。

＊

　　中環的街道很熱鬧，「德協」上邊卻是靜悄悄的。只有一個老婦人坐在中間那排椅上，後面傳來小提琴的聲音。

牆上是正在展覽的嘉蓮‧菲臘絲的作品。一些很平凡、甚至呆滯的動物畫像，沒有生氣，也看不到作者的個性。一些很精細的插圖，卻不是好畫。

一隻隻呆鳥在牆上瞪着我。背後人進人出。那扇門打開，有人進去，停了的小提琴聲又再響起來。那扇門後面是些甚麼呢？

*

風更猛。原來已經掛起三號風球了。報上說：颱風距港三百哩，明晚在港南掠過。報上又說：英國大選工黨獲勝。羅馬拘捕兩空軍將領。北愛足球健將街頭遭槍擊斃命。倫敦兩俱樂部炸彈爆炸。

*

在工廠大廈附近，拱門下那幅空地的修路工作已經接近尾聲了。他們也許是鋪設電線或者甚麼的，一連幾天都在這裏工作；現在路面又再恢復平坦，他們正坐在矮凳上休息。木堆造成的小几上放着一堆花生，還有一瓶酒，兩個黑衣的老婦人正悠閒地坐在那裏吃花生。她們身旁不遠的地方有一堆紅磚，砌成一個臨時的爐子，幾天來用來燒瀝青，現在上面放個水壺，正在燒開水。地面散置着雜物、廢紙、木塊，亂紛紛的，但路已經修好，人們就安坐在中央。走過時可以感到那種工作完成後休息的輕鬆。

＊

傍晚時在家中搬東西，把櫃和牀搬來搬去，把書籍搬上搬下。搬來幾天，還未有機會整理，一切都是亂紛紛的，現在就是設法從這紛亂中整理出一個秩序來。

有人來安裝光管。是一個少年。他隨身帶着自己的工具，沉默地工作，我喜歡看別人怎樣做工作。要換一個「火牛」，要安一個電掣，這花去他很多時間。他的工具和電線散了滿地，他用電鑽，他牽起電線，他拿起光管。好了，最後一切都妥當了。於是他便按電掣，「拍」的一聲。但是——沒有，沒有光！他皺起眉頭，檢查一番。最後他肯定是新的光管有毛病。於是他跑下去換另一支光管。果然，這次光管亮了。證明只是這支光管有毛病，不是他的手藝有毛病。光管亮了，他很高興。我也很高興。

＊

晚上我們到對街L家中看電視，兼看她做絲印。我們帶了塗漆時借用的凳子，準備物歸原主。門鈴壞了，我們就坐在凳上，在門前大叫大嚷。

＊

在電視上看的是丹美的《模特兒商店》。很湊

巧，這電影的主角也是一個建造者。他是一個青年
建築師。一方面，他希望建造一些美好的東西；另
一方面，他不耐煩沉悶瑣碎的日常工作而辭職不幹。
是的，夢豐富了現實，但夢也妨礙了現實。他借錢來
付買車的欠債，但在途中，為了拍攝他的夢想卻花去
這筆錢。夢妨礙了現實，但夢也是在面對現實時的慰
藉。這是矛盾。夢與現實如何結合呢？每個人都有夢
想。但實踐這夢時的毅力，那種一步一步做下去的耐
性，卻就難了。這不僅是片中的美國青年，也是一切
人脆弱的一面。

　　一個從事建築的人的故事可以是一個好題材，雖
然這電影處理得並不特別精彩。我們都說要建造美好
的東西，但我們有耐性從基本的東西做起嗎？從一塊
磚，從設計水管修理光管這樣瑣碎呆板的工作開始？
抑或我們只是追求一些脆弱而美麗的泡泡？當然，建
造是重要。相對於戰爭、毀滅、暴力，只有創造的力
量可以抗衡。「有甚麼是美麗的呢？」片中的主角
說：「除了生命，或許便只有生命的微弱反映，如書
本、繪畫、音樂……」但這些東西，都不是一朝一夕
建成的。像一所屋宇，由一塊磚一塊磚砌成。

　　電視上預告：堅尼夫・奇勒的《文明》片集。

＊

　　L做絲印。用剪刀剪，用釘槍釘，用熨斗熨，用手
去擦。在地上，在紙堆間，在桌上。我喜歡看別人工

作，這就像看一個木匠如何做一張檯子。從簡陋或雜亂的背景中，創造出一點甚麼來。

印了一個顏色的畫掛在繩子上晾乾，一片片清涼的綠色。

＊

深夜回家，窗外只見一片黑暗。山邊的竹和樹在風中擺動，發出簌簌的聲音。我們看不見樹木，但可以感覺到它的慄動。

一日所見的種種平凡瑣碎的事情之間彷彿有一種聯繫，彷彿也有一些意思等你去發現。我們經過這件或那件事情，猶如傾聽黑暗中的聲音，感覺一叢樹的震動。並且，我們想到：那是風。

＊

週日原定去看十時半的《三月情花開》，醒來已是十一時了。風勢不曉得怎樣，不像已經掛起八號風球，但也比平時強烈。附近一個建屋的竹棚，在風中顯得脆弱，像一個穿不夠衣服的人在打寒噤。微風使人感覺清涼，但烈風也有破壞的力量。有許多竹篾已經吹掉了，有些甚至吹進窗子來。有一大塊在空中飄浮了一會，然後才掉到街道下面去。

街上一直有幾個青年在抹一輛車，在這樣的天氣中用車做甚麼？不久也就揭曉了：他們抹好車以後，再在上面綴上花球、繫上彩帶……

走到街上去。走過空曠的地方，風迎面撲來，好像要阻人前進。一些鐵招牌在風中擺動，發出嘎嘎的聲音。不過颱風並沒有來。並沒有掛起八號風球。報上說有些街道水淹了。回來的時候經過修路的地方，木塊和石塊都已清除，留下平坦的路面，新修過的地方比較白，帶點淺灰，很乾淨的樣子。一陣風吹來，又是清涼的天氣……

(七四年十月)

夜

「……回來患了大傷風，桌上堆了大疊報紙和信。找草紙與拭鼻涕之餘，驚覺一個夏天又溜走了，甚麼也沒做好。波士打電話來，說要我連上三星期的全工，妹夫一月後到訪，看來做作家真不容易，做業餘作家便更難了……」

已經是夜深了，偶然可以看見黑暗中閃過白色燈蛾的羽翼；在遠處，在紛雜的霓虹燈臕餘的脂粉之上，偶然閃亮的不知是一顆星星還是一個陳舊的燈泡。

我還沒有睡，讀着另一位朋友的來信，來自另一個地方：

「我每晨六時許起牀，要一個鐘頭車程才回到打工的地方，即是每天來回兩小時在車上，而每日回到住所已是下午六時以後了。疲倦，是真的疲倦。也不知是由於打工耗了精力，還是尚有其他潛藏而自己不覺的原因，我疲倦得很。」

拿起筆來，想寫點甚麼，又放下了。有時也想：這是不是一種浪費？有沒有一種更適合的生活？我不知道

答案。另一封信，另一個朋友，在又另一個洲上：

> 「前兩天我去看亨利摩亞的個展，這個有着驚人的魄力、能夠掌握這麼多事物的人，他每天還是八時起來，早餐後工作，我們還說甚麼才氣不才氣。這次繪圖進行中，除了覺得自己在思想上、技術上有進步之外，我還是有我的恐懼，每次完成一張畫之後，不知道如何接着畫下去，維持是困難，也懷疑自己的能力。有時我會對自己說，我曾經做過這些事嗎？這些好的事，這些壞的事，我真的做過了嗎？還是那只是又一次的幻覺，只是暫時的東西，明天起來，又會感到厭惡？」

我彷彿看見，在許多不同的地方，深夜不同的窗前，正有人不甘心睡下去，猶豫着，想做一點甚麼……

（一九七七年九月）

錢　幣

　　貝殼是美麗的，錢幣就差一截了。香港的一元硬幣跟二元和五元差不多，新的五角又容易當作一角。口袋裏重甸甸的一大把，叫人寧願帶貝殼上街去，青螺和黃沙蜆的殼，至少分得明白一點。

　　而且所有錢幣，照例一個大頭，你説呆板不呆板？希臘公元前六世紀開始鑄造錢幣，居然已經款式優美、種類多變；公元二十世紀的人，反而懶惰退化。中國古代的錢幣，大有氣派；現在的人，從錢孔裏看事看得久了，設計出來的東西，變得小家子氣。

　　原來希臘錢幣除了有好大喜功的領袖的頭像，也有神像、動物、植物和用器的造像。神像麼？除了戰神和宇宙之神宙斯，也崇拜阿波羅和雅典娜，音樂之神和智慧之神。到了今天，人們崇拜的神，就只有那片金屬本身了。希臘人在錢幣上刻有動物和植物、飛馬、海豚、獅子、貓頭鷹、牛、鷹、葡萄和麥穗，他們尊重這些人類的伴侶、人類的生產，對萬物有一種友愛和善的態度。他們尊敬貓頭鷹，不是為了秋涼進補，是因為牠代表智慧。簡言之，他們是尊重智慧的，今人卻喜歡賣弄小聰明。希臘人又會在錢幣上刻上陶器等用具。對所利用的器具、使用的物品，也有一份敬重歡喜；現在的人，對利用過的事物也顯得

涼薄寡情，甚至但求目的，對利用的手段也無所計較了。

　　美觀的錢幣使人喜愛，香港人雖然大家同樣「發錢寒」，卻連錢幣也沒法喜愛。在新幣上往往塗上五元或五角的注明，以防混淆，鑄成的錢幣甚至失去實用的意義。大家對新幣憎厭多於愛好，接過別人遞來的新五角，大家恐防自己無意中當一角用去，心裏總有點惴惴不安。一個對使用的錢幣感到憎厭的社會，反映了甚麼心理？

(一九七七年九月)

雨

忽然一陣急雨，愈下愈大。路上的行人一下子稀少了，山邊的竹樹，在暴烈的敲擊下顯得如此荏弱，擺過來又擺過去。空中的密雨，像潑水一樣。

「……不知有沒有帶 。」

「這麼大風大雨，一定是掛起了風球吧！前幾天好像說起有風暴的消息。」

「開電視看看……」

是早上的粵語長片。黑白的畫面。沒有聲音傳出來。不打算把它扭響。所以只是一個任劍輝正在戲弄幾個圍坐吃東西的人，不知他在說甚麼？沒有風暴的訊號。望出窗外，風雨正劇，要過一會才可以上街去了。

想記下一點甚麼，零零碎碎的筆記，都是為了將來要寫的一個故事，愈想愈開心，都是將來的計畫、未實行的事情；此刻，卻是空白一片，沒有甚麼剩下給現在。而將來呢？要仔細計畫，不宜現在開始。

眼睛來回於窗內的電視和窗外的雨景之間。等着看的風球訊號沒有出現，等着它停的雨沒有停。逐漸，眼睛不自覺地停在電視畫面上，看任劍輝進了囚獄，張大嘴巴，不知在唱甚麼？也許關於他的功名，也許關於他的愛情，也許關於他的難以言明的想望。

反正沒有聲音，那些沒說出口的話，隱沒在四方型的機器的背後了。

在瑣碎的此刻與期望較為完美的將來之間，就這樣，眼睛不自覺地落到一節粵語片的畫面上去。猛然醒起，已經浪費了一段時間。看出外面去，雨還未停呢。等雨停了，我就⋯⋯

(一九七七年十月)

彩虹的勝利

雲辛蒂・艾歷山大(Vicente Aleixandre)，一向不是個轟動的名字。

《聶魯達回憶錄》裏提到他三次，每次都是夾在其他幾位西班牙詩人名字的中間，像群眾中的一張臉孔。一九二幾年的西班牙，有一大群寫詩寫得好的年輕人，像迦西亞・洛卡、阿拔提、沙連那斯、居岸、撒努達、漢那杜斯、嘉沙奴華……艾歷山大是其中之一。他們有許多都是聶魯達的朋友，他們幾乎每天見面，在這人或那人家裏，在咖啡店，喝酒，吃東西，唱歌，寫詩。後來，他們辦了一份刊物，叫做《綠馬》。有人說：「為甚麼叫綠馬，叫紅馬才對呀！」

他們的刊物並沒有改名。聶魯達說：「這世上盡有空間，可以容納彩虹那麼多種不同顏色的馬匹和詩人的。」而艾歷山大，便是當時西班牙詩壇彩虹中的一色。聶魯達說他的詩，有「廣大的幅度」。

但西班牙的彩虹後來暗瘂了。西班牙內戰後，詩人死的死，流亡的流亡，噤聲的噤聲。正如聶魯達在《解釋幾件事情》中說：「直至有一個早晨一切全燃燒起來了……自從那時開始，只有火……」

從那時開始，本來可以有各種顏色的詩，變成只可以有一個顏色，火的顏色。

但時代是會改變的。艾歷山大他們所反對的佛朗哥逝世了。一九二幾年那一代的西班牙詩人，再度為人承認。這個星期，艾歷山大獲得本屆諾貝爾文學獎，我們不妨視之為彩虹的勝利、溫柔偶然淹過暴力的一次勝利。他有詩寫一個赤裸的少女說：

　　　這赤裸不是像一場焚盡草原的大火，
　　　也不是像驚人的撒落的餘燼，預言了飛灰。
　　　你只是在這裏，那麼安靜，早晨的櫻草裏。
　　　那最清新的，在一口氣中變成完美。

他的詩也是如此。

（一九七七年十月）

聖誕卡

「怎麼沒有一張適合的卡」？這人說着，便把手中的聖誕卡放下了。

店裏滿是聖誕的氣氛，彩色的綢帶在四邊掛起來，金粉的大鐘吊在中央，在角落裏還有聖誕樹，吊着許多小小的天使，她們都有翅膀，正在那兒向人報佳音。

在這些啞默的天使旁邊，另一個人說：「你嫌那顏色嗎？」

「不是，說的話都不大適合。」

他拿起一張來，翻開它：「『祝你聖誕快樂』，好像太普通了！又比如這一張：『聖誕新年快樂』；又比如：『祝你快樂』；這不都是好像沒有甚麼特別嗎？」

「你想要怎樣寫的？」

「我也不知道，想特別一點，適合一點的。」

「那看這張怎樣？」

「唔……『給我最好的朋友……』『沒有一天不想着你』……呀，這又好像太親暱了。」

「不是朋友嗎？」

「是的，但這樣說又好像太誇張了。」

「我不同意——哪，這些怎樣？」

「『甜心』、『某一個特別的心上人』。喂，未免太戲劇化吧？」

「那要這張吧！『懷念你也希望你聖誕新年快樂』？」

「這又好像太公事公辦了！」

「你這人，太麻煩了。還是不要寄甚麼卡吧！」

「我只是想在字眼上要求準確吧了。」

在這爿賣卡的店中，在中央那喧嘩俗套的吊鐘綢帶和角落那些沒有說話的天使旁邊，這人繼續找尋下去了。

（一九七七年十二月）

赤 柱

我們沿石級走上馬路，袁跟商店裏的人招呼，他說：「離開這麼多年，這裏的人還認識呢！」走在馬路上，鄭指着那邊一幢白色的房子說：「摩囉屋還是在那裏！」

他們離開香港六七年了。鄭在台灣畢業後，已在美國讀完書，今年回港教書。袁讀的是藥劑，現在美國工作，這次突然回來，是因為爸爸生病，我們見到他爸爸，現在看起來好多了。過去大家通信，現在突然幾個人才有機會一起在香港見面。

他們都是聖士提反的舊生；走回舊校，卻發覺草地旁的橫門鎖住了。「過去是沒有鎖的呢！」幸而有一個女孩子出來，我們乘機從那兒進去，沿着草地，走上山坡。

校舍有些地方跟過去一樣，有些地方又添了新的建築。這就像香港一樣，有許多事情仍然不變，有些又改變了。我們談到文藝的刊物，保守的作品和風氣。我們在談，我們可以做些甚麼。

沿着一道幽靜的小徑，我們走往墳場那邊。過去，沿着這道小徑，可以抵達墳場，一大片綠油油的草地，秀美的風景。但現在，當我們走近，發覺又安上鐵欄，鎖上了，沒法通行。「總可以有方法的！」

我們談一些困難，我們談一些可能，我們談綠草地和山坡，我們談到會有的鐵絲網和生銹的鎖。

轉過來，沿樹叢間的小路走出去。走了一半，才發覺路的盡頭那兒也是一道鐵絲網，只好轉過頭來。又攔住了，是的，不過，不要緊，總有方法的。

幾年不見，鄭的看法更穩實，正在指出各種可能的麻煩。而袁呢？興致勃勃的，又打算作各種嘗試。我們邊談邊走，從前門出來，對前面的鐵絲網和守衛搖搖頭，又走回寬敞的馬路去。

（一九七七年八月）

早上的事

　　暑假結束以前，一連幾個星期玩昏了頭，現在可得清理堆積的工作。這是活該。黎明四時，不知是打算睡覺還是起牀，既然躺在那兒擔心，不如把心一橫起來，到廚房裏沖了滿滿的一大杯咖啡，滿像一回事似的。還想到了今天的格言：與其睡不安穩，不如起牀做事，這也滿像一句金句的。

　　黎明窗外亮起來的感覺，是一種不錯的感覺，而那種白嘛，形容起來頗費筆墨，不如且在這裏打住。而當我到了街上，陽光也已經照到了街上。街道中央有一道水流，斜斜地分流向行人道，那道潺潺的水流，也有了陽光在上面。

　　而即使建築地盤呢？沒人照顧，也在廢木堆中長出一朵小花來了。總之這世界還是繼續下去的。我們每個人以自己奇怪的方式做好自己的事。偶然有陽光照到你頭上，偶然你會打噴嚏。

　　工作歸工作，玩還是要玩的。大清早在路上碰到一個人，他由頭至腳把我打量了一遍，看我拿着那麼多東西，頗不以為然地問：

　　「你到哪兒去？」

　　「現在，去談一份工作。」

　　「拿着一個營、一盤排骨和一盤豬手？」

「⋯⋯」

「你一定是見工教家政的了！」

與其費神解釋，不如下車做事。叮叮噹噹的電車繼續駛前去，帶着每一個人的衷誠合作、司機售票員和乘客的互相體諒。我乖乖的走斑馬線，聽交通燈的話辦事，又照付了渡輪公司無理偷偷增加的票價。只是在跳板上的時候，我忍不住想：我這樣體諒機器，機器也會同樣體諒我嗎？清風嘩笑着在我頭頂經過。

（一九七七年九月）

電視上的車聲

　　賽車在跑道上遊走，發出嗚嗚的聲音，好像是一聲呻吟。黑色的輪子轉動，輾着道路的脊骨，然後就有那微弱的呻吟，哼哼唧唧的，來自一個氣若游絲的軀體。熒光幕閃着奇異的綠光。品質優良的手錶。馳譽世界。值得你的信賴。汽車的輪胎不值得你的信賴。黑色的道路上只剩下汽車的屍骸。賽車的浪漫接到現實車禍的殘酷。連聲音也沒有，連呻吟也沒有。

　　未來二十四小時內，會吹和緩的東南風，汽車又出現在熒光幕上，這一次去追捕賊人。紅色的燈光閃閃，危險在空氣裏，汽車轉彎時尖叫，跳過下陷的空地，衝入貨倉。汽車是現代人心中最堅硬的一部份，汽車是現代人最硬的一顆心，那麼砰砰嘭嘭的，碰到這裏碰到那裏，碰到全世界的東西，但也不損分毫，碰撞一切而又可以沒有感覺的。熒光幕的光線閃閃，在黃色的地方出現紅色，在嫣紅的臉上出現慘綠。機器永遠在準確性上創造新紀錄。打破一切紀錄，最不準確的紀錄，最容易損壞的紀錄。在我們的指頭下變幻，彩色變成黑白，無線變成麗的。電視是有生命的。它在大氣不好的時候會自動轉台。

　　那輛車又來了。剷泥車、貨車、小型公共汽車、裝甲車、軍車、靈柩車。電視上的汽車之夢。橫衝直

撞，充滿了輪子的、尖叫的、死亡的，把你帶入死亡彎角，把你帶上天堂，把你帶到虛無飄渺的成功境地，把你帶入空虛又空虛的、沒有感覺的一角。砰的一聲，電視機中盡是汽車，那殼中的殼。

把它敲爛，把它踏碎！有誰統計過，每天電視上平均毀壞多少輛車？你舉手，你放下手。在這剎那之間，汽車呻吟，汽車爆炸，汽車暴躁地大發脾氣，汽車把一切弄得凌亂、把一切丟棄。這貪新的一代從熒光幕中，衝入你的家庭。

（一九七八年五月）

舊書新果

　　陽光照進屋裏，把盆栽的葉子照成透明，又照亮了地板的一角。我把舊書搬出來曬，讓發黃的書頁，也吸收一些現在的陽光。

　　手上還留着石榴的氣味。當你吃過石榴，洗了手，那氣味還是留下來。像是花的氣味。那綠色中的乳白，看來硬硬的果皮裏面的柔軟的心。石榴是笨拙的，看來像一塊石頭，裏面的心腸卻軟得一塌糊塗。它又那麼長情，氣味一直跟着人，戀戀不捨。

　　陽光也跟着人，它起先伏在窗框旁，後來又蜷伏到人的腳旁。對那些閉起的書本，還不斷用鼻子去嗅它。發黃的書本不願暴露自己，它好像有病，或者是渴睡，或者自卑，或者孤僻，所以緊緊地把自己關起來，交抱着雙手，不願跟人打個招呼。但陽光卻不嫌棄它，也不計較；當我一打開它，陽光又溫柔地把千千百百的微塵擁在懷裏。

　　微塵的這兒，剛才放着紅紅的果子。鮮紅色的李子，棗紅色的櫻桃。在陽光裏，這些紅紅的臉龐，有健康的美。李子有鵝黃色的心，它的汁液清涼。叫你的牙發酸，又用甜來安慰你。它結結實實，又有彈，臉上有酒渦，裏面的絲絲縷縷，是笑紋，藏在人的牙縫裏，叫人也忍不住笑。櫻桃更軟更熟，顏色更深

了，彷彿隔着果皮，就可以滴出汁液。柔軟的果肉，在嘴裏更甜。夏天的太陽照着它們，像一隻手把它們托起。

現在空氣中，還留下這些果實的氣味。但曬在陽光裏的，卻只是一些灰色黃色的書。有灰塵，又帶點陰鬱。我把它們翻開，讓它們多曬陽光，又用洗乾淨而仍帶着石榴氣味的手去撫摸它們，想它們也有果實的芬芳。我把它們像果子那樣翻來翻去，放在陽光下曬，我想它們的書頁曬成果實的顏色、果實的柔軟，又像果實一般美味。

（一九七八年七月）

山 水

風中的營

年初二，居然跑到高山上露營，真是瘋了。

我們想在那幅草地當中搭起營幕的時候，一個路過的老伯說：「這兒大風呀！」舉頭向兩邊一看，果然這兒是盆地中央，兩面的風從高山缺口吹下來，正颳向我們。

於是便四處尋覓，想找尋一個更適當的地點。沿一級級梯地走下去，找到一幅有遮擋的低地了，但也找到滿地的牛糞；找到傍山的空地了，但也找到山墳墓地。在學校附近有一個理想的地點，但卻早已搭起兩個營，如果我們也在那裏睡下來，就跟睡在彌敦道上差不多。沒有甚麼事情是十全十美的，既然我們不想跟牛糞、鬼魂或是收音機的嘈音在一起，就只好跟風在一起了。

於是又回到原來的地點，吃花生、喝酒、煮臘味飯，還炒蛋呢！營釘嵌到泥土裏，繩子拉緊了，沒有營棍，就去阿伯那裏借一根粗樹枝。尼龍或膠布，撐成暫時的建築，是我們這一晚的居所，若說「總得有個巢才行」，這東西，就是我們的巢了。

在強風裏，巢也會吹破呢。我們的巢卻牢牢地釘在地上。當夜漸漸濃、風漸漸強，有人找來乾瘦的樹枝，生起火來。我們圍繞營火，也就不怕冷了。吃過

了飯，又吃糖果，四週只見一片黑暗，偶然有村野的孩子走過，偶然一頭狗走來，嗅嗅這裏那裏，又沒入黑暗中。頭上的星子，亮起來又隱沒過去。我們拿着電筒在附近走走，一點光撐不開多少黑暗，那廣大的黑暗又圍攏過來。到最後，我們只有圍着一點營火，這是我們唯一的光亮呀。

我們就在這火旁，吃東西、談天説笑、吵架胡鬧，偶然也創作胡謅的歌謠。我們守着這一點光，不讓自己沒入四週廣漠空寂的黑暗中。夜深的時候，我們衝入帳幕，七個人擠在一個營裏，有人的頭讓人砸了，有人的腳叫人扯了一把。真是擠得要命。不過，沒有事情是完美的，當風在外面怒吼，而這是你在黑暗世界上唯一的營，你會珍惜枯枝的火光、吵鬧的笑語。

(一九七七年二月)

天　梯

真沒用！走到半山便累了，停下來，走不了！

一直想來嶂上的，聽人說起許多遍了。嶂上，多美麗的名字！有些人認識路，但未必會帶我來；有些人想來，但未必認識路。於是，挑一個星期一，不是假期的日子，跟兩個朋友一直尋路上來。一位朋友已經來過，算是識途老馬了。

我們意氣風發的，從西貢一直走到企嶺下，再走到山腳(大概個把小時吧)，也不休息一下，就沿着一級級的天梯，上山來了。

走到半山，就累得不得了。這時就只好自嘲一番：看你以後還敢不敢「牙擦」？還要說這條上山的羊腸小路不算甚麼天梯？還要以為一鼓作氣可以上到山頂？不要吹牛皮了吧。剛才沿路走來，又說這裏的風景如何，那裏的風景如何，現在可乖乖的不吭聲了。

朋友們先行，我倒是掉隊了。於是又阿Q一番：想我六個月以前，在台灣每天行五六個小時，那裏把這樣的一個小山放在眼內？於是又自我教訓一番：學如逆水行舟，不進則退呵！於是又悲天憫人一番：我走過這條路，以後對人家沒氣力爬山一定會充滿同情了。於是又奮發一番：從今天起，一定要多做運動，每星期至少要旅行一次！

事實是：不管你怎樣説，山還是要爬的。

拖着自己走上一大半路，回望山下，看到藍色的海和綠色的樹，那確是美麗的。那不是概念中的想像，是實在的景色。我是那麼疲累，腿都好像抬不動了。而我又不能裝暈算數，像《瘋狂大巴士》的助手那樣。我只是聽人説嶂上是一個美麗的地方，於是慕名而來，現在這樣也好，至少我有一個真正的認識了。而我也只能一步步走上去，靠甚麼！靠自己的雙腿呀！

於是又再舉步，爬這長長的天梯。

（一九七七年二月）

蒲台島

　　最近重遊蒲台島。蒲台島，我以前只去過一次而已，我對它絮絮叨叨、呢呢喃喃，把它轉化為幻象或是寓言，它一點也不介意。船靠岸了，天下起雨來。蒲台島還是蒲台島。我頭上蓋着報紙，足踏濕滑的小路，蒲台島還是蒲台島。它哪裏理會我在這兒吹牛。

　　蒲台島，我說到它的泥鯭粥、響螺石、魔岩以及沿海飄浮的海苔。泥鯭粥還是依舊，舊船遮去了浮苔，其他的呢？天下着雨，我以為這天就是如此過去了。從狹隘的竹棚和屋子的破窗之間守候雨天。我以為這天就是如此過去了。伸出手去，卻觸及了晴朗。蒲台島的天氣，又跟我的先入為主開了個玩笑。

　　當我前行，我發覺風景轉變。如果說沒有看見上次看見的那些曬乾的苔藻，那是因為今天陰雨。看前面，更多藍色和綠色的屋子。深藍和深綠的屋子，帶着雨滴的潮濕，有一種春天的感覺。顏色潮濕欲滴，怎麼我上回沒有發覺。

　　我在響螺石下眺望海洋，有人在跳下巨石時戰戰兢兢；我上山時擦損了手，大家卻發現了仙人掌叢的花朵。你得到，你失去，你感覺，你遺忘。你不會在同一條河裏洗兩次澡。比較是沒有意義的。遊一個地方，每次有不同的發現、不同的感受。

這一次，上回在我腦中留下深刻印象的浮苔，所見不多了。但大家走着難行的路，以為一定會在半途折回，結果卻說着再走遠些、再走遠些，竟走到上回沒有到達的南角嘴。我真高興我們去到那多風的山坳，那亂石灘上面對海洋的山坡。沒有料到，一下子展開一幅新的景色。

至於魔岩呢？那些惡作劇的人塗上無聊的字句，又教另一些人在岩前圍起鐵欄。以前是自然的美景，現在卻是塗鴉與欄柵，把人隔開，把自然隔開，把好的東西隔開。也幸而這只是風景的一部份。失去一塊石頭，得到一面海洋。我的記憶？我們說現實吧。我高興我們沿路前行，終於比上一回走得更遠。

（一九七七年三月）

鹿 頸

　　鹿頸再進去的繞絲溪聽說很漂亮，我始終沒去成。

　　鹿頸倒是去過，去過許多次了。自己去、和人家一起去的，都有。車子一轉進去那兒，喚作白鶴林，但人家說那些黃昏飛來的鳥，不是白鶴。那一區地圖上的地名，喚作萬屋邊，那兒也沒有一萬間屋。名字倒是很美的。

　　別的風景區，都是下了車，走一段路，才到了最美麗的地方。鹿頸卻好像是下車的地方，和快到下車的地方，才是最漂亮的。

　　有一次一群人一起去，大家覺得就這樣看看不夠，想走深入點(也不記得想走到哪裏去)，於是就沿路前行。一直是平平坦坦的大路，有說有笑，好像很有希望的樣子。不料走了許久，還發覺走不到那兒去。有輛汽車還停了下來，在我們身旁問路，我們卻覺得，自己其實是走錯路了。

　　於是又走回原來的地方，又再沿海邊的路出發。可是出發了一次又一次，大概總是很疲倦的。於是大家就坐在石上，不想動了。我們跑到前面海灣，討水回來大家喝。結果那天就留在石上。我們就走到那兒。

後來有人說，其實當時我們只要轉過海灣，就會到達另一處風景美麗的地方了；後來又有人說，其實我們開始時不是走了冤枉路，就一定更有氣力，走得更遠了。前者預言未來，後者感歎過去；太像一則寓言，太歸咎命運了。我只知道，實情是，大家走到石頭那兒。

我有時也想，如果當時大家走下去會怎樣呢？會遇到甚麼？當我想到鹿頸那名字的時候就不禁想：我們會看到鹿的頸背嗎？

（一九七七年十月）

大自然的錯誤

　　我走過山邊的時候，看見草叢動了一動，好像是微風吹折枯枝，掉在地上。看清楚，卻看見一個灰色的蜿蜒的身體，蠕動着向相反方向走去。牠帶灰色和黑色的斑紋，有四呎多長，像一條深色的緞帶。牠很安靜，當我回頭看牠，牠也好像挺起尖尖的三角形的頭，回過頭來冷冷看我一眼，牠過去了使我鬆一口氣，幸而不曾在沒有提防的情況下被牠咬一口。不過牠看來那麼孤獨、瘦削而沉靜，只像一條深色的緞帶，好像真是沒有危險的。

　　在水流旁邊，我們看見小小的螃蟹。牠們在石縫爬行，或是鑽入泥洞。同行的一位友人捉起一隻螃蟹，叫我們欣賞牠美麗的紅螯。話還未說完，他就叫起來。原來那隻小小的螃蟹用鉗鉗着他的手指，自己卻棄鉗逃走了。那隻蟹鉗在他手指上，應該沒有生命了，但仍是鉗得緊緊的，我們沒法把牠弄開，用力拉的時候，反而令被鉗着的指頭增加了痛楚。結果用石把牠砸碎。但指頭上卻留下兩道黑痕。其實事情怎會弄成這樣子呢？從讚美一隻蟹的美麗開始卻以指頭受罪結束。我們都說這頭蟹未免太過敏也太凶暴了。但回心一想，牠也有理，牠是誤會有人要傷害牠，於是

才用暴戾多倍的方法來報復吧。照這樣看來，這事就像一切事，不是誰的錯，是大自然的錯。

來到一幅草地，上面有一朵朵白菌，你會說它們幾乎像童話裏的角色，但現實告訴我們，它們是有毒的。它們在地面狹小的一角，生長成一個個小圈，遠看一點點白點，像發霉的牛奶、發酵的麵包。它們很脆弱，而且沒有根，一碰就碎。至於說它們的毒，不去碰就沒事了。象徵和寓言是人類的主觀雄辯，而在旅行時，我們只要睜開眼睛看，不要隨便跟敏感的生物開玩笑，那就安全了。

(一九七七年四月)

一杯熱騰騰的東西

　　風從船艙的缺口吹進來，我們緊緊地擠在艙裏。有個人走到風口那兒。「嘩，真冷！」跟着立即躲到駕駛室的下面。我們橫坐着，距離風口不遠，我右邊有兩個人，擋住一點風；到最後他們也忍不住，站起來鑽到裏面人叢中去，我就完全暴露在風裏了。

　　風一陣一陣颳進來，有時還濺起一陣浪花。我可以看到外面的海和天空，是淡淡薄薄的灰藍色。過一會，逐漸可以看見岸邊，還有公路上行駛的汽車的影子。

　　「快到了！」

　　等船泊岸，我們連忙跑向碼頭那爿雜貨舖，想喝一杯熱奶茶。沒有甚麼比一杯熱騰騰的東西更好了。可是它今天沒有開門，一把鎖連鏈封着舖門。記得來的那天，它是打開的，那天陽光爛漫，我們坐在碼頭等船，看着遲來的人從石級走下來。

　　入營的第二天早晨，一覺醒來，才發覺天氣變了。風呼呼吹着，洗臉的水好像冰一樣。現在我們又回到碼頭。沒有太陽，寒風吹着。有人的臉孔冷得發青，有人有一個紅鼻子，有人在那裏跺着腳，説：「真冷，真冷！」

　　「跑到前面去吧！」沿着公路，真的跑起來了。

風還是那麼強，天氣還是那麼冷，但當你跑一段路，就好像暖和一點。當你停下來，又再冷起來了。

前面有一爿小茶室，我們推門進去。

「咖啡！」

「奶茶！」

沒有甚麼比一杯熱騰騰的東西更好了，在這樣的天氣裏，當你從寒風中進來。一群人在一爿小茶室裏，等待一杯暖和的甚麼。

出來的時候，又再回到寒冷的風裏，但這一次，「好像沒有那麼冷了！」

(一九七六年十二月)

霧

今天聽一位畫畫的朋友説到一個霧的故事。他説過去在台灣的時候，有一次上阿里山，一個人在林中畫畫，忽然湧起了霧，霧在四週瀰漫，逐漸把人包圍起來，叫人沒法看到周圍的東西。他當時很害怕，因為看不到路，又擔心霧不知甚麼時候才散，不知天色會不會黑下來。這樣過了個多鐘頭，然後，霧像忽然湧現那樣，忽然消散了。也許這不是一個很完整的故事，但即使沒有戲劇性的情節，卻有事件、有起伏、有疑懼亦有結局。許多故事，其實不亦是這樣一個霧的故事嗎？

當時，當霧圍繞四週，放眼看去盡是白茫茫的一片，人不知立足在哪裏、不知會遇到甚麼，那感覺，一定是茫然、是恐懼、是等待的緊張、是不知怎生是好的焦躁。

但過後，當霧消散了，當人回想那段經歷，把它説出來，我們聽了，便都會覺得：呀，多麼美麗的一個經驗。想一想：獨自一個人，被霧包圍着，多麼難得的一種遭遇！

就是這樣。當我們遇到甚麼，我們忙於應付，沒有時間去欣賞它。或者當我們置身於情感激烈的起伏中，感到手足無措，感到痛切或是疑慮；但過後，

卻又會懷念它，覺得那些辛酸中包含着無數美好的片
段。

對事情知與未知之間，生活一切還不曾固定下
來的那些光陰是最美的，但也是最充滿焦慮的。正如
文學作品的醞釀時期、人的青春、植物的花蕾。但每
個人在起伏不定的時間裏都很難跳出來欣賞那起伏的
美、那未知的珍貴，只有過後，隔了一段時間，然後
才可以欣賞、可以懷念。就像這個霧的故事。

（一九七五年六月）

長洲，凌晨三時半的雨

在沙灘上睡了一覺，醒來，唱歌的還在唱歌，談話的還在談話，而我們的跳遠選手呢，還在波浪的邊緣，一次又一次地向月亮跳過去。

已經凌晨三時了。

「我們還是回到房子裏睡吧！」

有人嗯的漫應了一聲，沒有人站起來。五個人母豬小豬的躺在一張蓆上，我躺在沙上，有人躺在旗桿的旁邊，説：「你們先起來，我要做最後一個起來的。」

整個漫長的沙灘，在靜夜裏展開。天上有月亮和星，沙上除了我們，一個人影也沒有。走過時，腳跟可以感到沙粒溫柔地起落。

走過只餘骨架的泳棚，走過那所白天放着藤椅的「番鬼佬餐廳」，走過吃燒鵝瀨粉的地方，走過賣鹹魚和豆腐花的地方。現在都關上門，靜靜的。在月光下，只見每隔不遠的門前，放着一張尼龍牀。人們喜歡涼快，都睡到門外來。

這個熱鬧的小島，在這安靜的時刻，把它耀眼的太陽傘都收起來了，把它千百個在水中晃盪的盛小吃的藍花碗子都收起來了，把它陳舊的百貨和曬乾的海產都收起來了。只留下一些不太明亮的街燈、窄窄的

小巷，還有那些在涼涼的海風中躺在門前睡去的人。

　　我們轉出碼頭。噢！那麼靜。來的時候還有幾桌人在碼頭的路旁喝啤酒，還有那賣西瓜的(我們吃了西瓜)，還有那賣粥麵的(我們吃了西瓜再吃粥麵)，還有那賣西瓜的(我們吃了西瓜再吃粥麵再吃西瓜)。現在他們都不知道到哪裏去了。所有的燈光熄滅，所有的顏色收起來，所有的箱子都合上了。

　　好像是一個盛宴的結束，好像是沉沉的睡眠，好像是寧靜的虛無。廣大的夜，滿地的紙屑。好像是——但不，當我們經過消防局，有些甚麼發生了。

　　起先是涼涼的一兩點東西落到臉上。我們還說：「真好運氣！幸而我們離開了沙灘……」話還未說完，我們剛走過大排檔，來到造船的地方，雨就嘩啦嘩啦地落下來了。

　　連忙避入人家屋前的布篷下。那個睡在帆布牀上的人，從牀上撐起身，看一眼滿天的雨和這群奇奇怪怪的人，大概以為是夢中的一幕，又再睡過去。

　　雨真大，不一會，布篷的邊緣已經積了低低一窩水。用手碰一碰，可以感覺到那沉沉的重量。放了手，它又彈回去。沉沉的重量是整個沉睡的小島，急急的一陣雨把他們吵醒，叫他們抬起頭看看外面的天空，轉過身，然後又再沉睡過去。對於我們卻不一樣，以為要回去安睡了，不料還有這麼一個節目。真有趣，都站在這兒，望着外面幢幢未完成的大船黑影間的燈火，不知道是不是要在這裏站到天亮。

雨好像疏了，但一下子又密密麻麻，整個島都打鼾了，只有我們站在這兒看雨。

「不要等了，不如走回去吧！」

於是，等雨再又沒有那麼大的時候，我們攤開了那張草蓆，十個人擠在下面，走入雨中。

可是，一旦開步走，問題就來了。龍頭一定，龍尾的人就掉了隊。我們在後面，怎也沒法走入這張飛氈底下。陣腳亂了。高叫，嘩笑，吵作一團，大家都濕了。跳遠選手落後了一會，再出現時手中提着一個紙皮箱，準備跟雨比賽。

我們是那飄色的隊伍，走過窄窄的小巷。雨是鑼鼓。沒有觀眾。但巷中有蒜頭香濃的味道，迎接我們。走到海邊，又有醃菜的味道。小島睡了。小島並沒有睡。那些躺在門前帆布牀上的人靜了，但還有我們，還有這場凌晨三時半的雨。

（一九七七年）

向月亮唱歌

半夜裏才吃過晚飯，一群人坐在碼頭上對着月亮唱歌。唱着花朵、愛情、杯酒言歡的友誼，一切不切實際的東西。

月亮照在海上，片片破碎的亮光。仔細看看，每一片破碎是一個小圈圈。片片破碎的亮光浮動在海上，每一個不完整是一個完整。

這麼一群人走在一起，從這邊走到那邊，跨過那些熟睡在碼頭上的人。有些人，躺了一會就走了；有些人，睡得這麼熟，連歌聲也吵不醒他們。碼頭那邊，放着一張空的破帆布椅。後面是一艘水警輪，燈亮着。走近時，你可以看見有人在裏面煮東西，在這樣的夜深。

然後又再坐下來，在石級上面。望下去，你看見水流沖擊岩石，在那些黑暗的岩石上，有人說看見一隻隻蟹爬過。然後又再唱起歌來，一支支歌，關於追尋，關於玫瑰的願望，關於你我相逢於黑夜的海上。

一支又一支歌唱下去，一個人唱起來，別的人隨着接下去，這麼多人同唱着一支歌，在那些跌宕的地方、轉折的地方，一道走過去、跳過去，讓人伸手攪你一把。一個人沉默了，又有另一個人開口。夜愈加

沉寂，歌聲愈清晰。夜漸深，總有人逐漸沉沉睡去，像原來那些熟睡在碼頭上的人。

聽見一闋熟悉的調子，便接口唱起來。偶然的相逢，聲音與聲音的相晤。逐漸，文字隱去了它的意義，曲調溢出節奏之外，你只感到環繞沉靜的那一片柔，像一片月光。你不必着意去唱，就是在這裏，聆聽這一刻。當月亮走過去，就甚麼也不再相同了。只是這麼幾個人，在這麼一個夜晚，這幾個人明年就不在這裏，再也不會是一樣的了。這人有他破碎的感情，這人有他不完滿的生命，然而在這一刻，在這個荒涼的島上，他們還在向未走過去的月亮唱一支歌。

(一九七二年七月)

大嶼山

　　小時候對大嶼山的認識只限於銀礦灣。學校旅行麼？在海灘附近的空地解散了，隨便找個地方把帶來的罐頭吃光，那樣便過了一天。以那時的心情看來，這一個海灘和那一個海灘，總好像沒有甚麼分別。

　　跟大嶼山開始有多一點接觸，是在大三那年。暑假參加了青年工作營，到大嶼山去種樹，每天下午是自由活動，晚上唱歌，談天，生活過得頂有趣。至於種樹，說來慚愧，不過是把一株小小的樹苗，埋進別人預先掘好的小洞中，然後再蓋上泥土。實在是沒有甚麼可以誇耀的。

　　不過儘管這樣，後來去到大嶼山，看見山上那些整齊的人工種植的樹木，我也會大言不慚地跟人說：「大嶼山的樹嘛，我也有份種的！」其實當日埋下的樹苗，到底種在那裏，我也認不出來了，恐怕已變得又瘦又小也說不定，但經歷過那一次，大嶼山就好像從一個陌生的名字變成一個比較親切的地方了。

　　兩年前，一群朋友在大嶼山租了一個小地方，每人湊那麼一二十塊錢，好教度假時有個歇腳的地點。那時開始，大嶼山去得多了，這才發現了那裏有許多好玩的地方，而且直到現在還未完全走遍。過去無知的時候，以為大嶼山只有銀礦灣，現在走遍一個鄉村

又一個鄉村，爬過一個山又一個山，才發覺其實還未認識大嶼山。就像人一樣，對認識不深的人我們抓住一面胡說；認識得深點，反而就不知從何說起。

大嶼山的地方，朋友中有人特別懷念長沙，有人特別喜歡石壁，又有人說忘記不了大澳。其實說他們喜歡這些地方，還不如說他們懷念當時跟他們一起的人、當時的感情、發生過的事。每個人總是以自己的方式去認識一片風景。每次汽車經過某些公路，我就總想起那次我們從塘福步行到大澳的「壯舉」，那些吃着大嶼山特產清甜菠蘿的無憂慮的黃色夏天日子。在石壁附近，莊會告訴我們他過去怎樣晚上喝酒游泳猜燈謎、每天早上趕出去香港上工而傍晚時買了餸回來的時光。

而那次，當鍾帶我們走上靈隱寺，當上面傳來竹戰的聲音，而我們都感到那不過是平凡的風景，她就說：「我忍不住要告訴每個人，這段石子路，在過去，完全不是這樣子的……」

在大嶼山，最好的交通工具還是雙腳。因為你可以信賴它；而且你可以自己作主，隨你決定把自己帶到那裏去。

要乘公共汽車可就難了。尤其在假日，你站在碼頭前面，如果不被人碰倒，大可以仔細看看剛下船的人怎樣瘋狂地衝出來趕車。比較熱鬧的日子，車站排着幾條長龍，人們扭響了收音機，又有人在踢毽，用來消磨時光，而車，卻總是那麼少。

在中途乘車更難。記得莊結婚那回，我們在石壁附近的一個營地玩了幾天。走的那天，大家已經又倦又累，中午時分站在大太陽下卻怎樣也沒法截到車。等了半天，甚至有人躺在地上睡着了，還是沒一輛車停下來。這樣候車是很叫人喪氣的。最後終於截上一輛反方向的公共汽車，一直去到大澳，然後再轉車回梅窩。浪費了半天的光陰，但說也奇怪，車子上山時，卻遇到重重美麗的白霧，又輕柔又清新，湧上山，湧進車中來。我一直沒遇到過那樣美麗的山霧。這樣的事總使我迷惑：好像如果我們不是多走這段冤枉的路，就不會遇見這樣的好東西。這樣的事總使我相信，在旅行的時候，不管怎樣走，到頭來都未必是浪費。

但一群人在一起的時候，苦苦候車總難免使人掃興。就像那回，我們一群人興高采烈進大嶼山，過了一晚，第二天一早起來就去候車，結果要到下午才到一所寺院。因為玩得不痛快，許多人當晚就走了。

第二天只留下三個人。我們依舊信心十足地轉車去碼頭，候車去東涌。東涌是我們一直想再去而去不成的地方。但候車候了一段時間以後，我們只好說：「算了！難道一定要去東涌！」就在銀鑛灣划艇乘腳踏車算了。

想不到，那天我們卻在以為是熟悉透的老地方中找到一所頗愜意的小小的露天酒館。那裏有陽傘、有藤椅，面向着海，像一個小小的花園。我們把這新發現拿回去氣那些逃兵朋友，說：「那裏可以好好地看

海，那裏的公司三文治有九隻小蝦呢！」把他們氣得牙癢癢的。

所以，最可靠的還是自己的腳。它總可以帶你發現一點甚麼。

不過，故事還沒有完。最近又去了一次。這露天的花園餐室已經有點變了。

首先，是顧客多了，座位改變了。我們坐過的藤椅移下來。我們原來最欣賞它的公司三文治是連着麵包皮的，現卻切去了；還有，裏面沒有蝦，只有乳酪、生菜和一塊凍肉。我們十分傷心了。

欣賞的東西是會變質的。就像東平洲、蒲台島，甚至大嶼山，那些提着收音機燒烤叉子的匆忙的遊客們蜂擁過來，這些旅遊地區也許會逐漸消失了純樸、美好的質素。而我們就只得繼續尋找，在那些被人忽略的角落。

每個人會找到甚麼是沒人可以預料的。就像那一回，我走下寧靜的塘福村的海灘，竟發現一頭死牛的屍體；過幾天再去，卻甚麼也沒有了，只有白濛濛一片幼沙。

又像那一回，無意地沿着熱鬧的貝澳走，越過一片潮濕的草地，地上一些亂放的瓦甕，忽然有人發現那是一爿義冢，嚇得有人連忙拔足跑了。

總是猜不到會遇見甚麼⋯⋯也許就是這樣的。去到寶蓮寺之類名勝你會發覺原來是乏味的；但幾個人在沙灘上畫快樂的畫像也許可以玩上半天；又或者，

信步踱過一個漁村，平凡的地方也有可賞玩的地方。

　　大嶼山就在那裏，我們一次又一次地嘗試走遍它，但總走不完全，有時我們走得多點，有時少點，有時因為找不到要找的事物而喪氣，有時，像駱說在塘福村海灘看日出的經驗那樣：「忽然回頭，才發現原來它已在那裏了。」

(一九七五年四月)

煙與顏色

在深夜，從船上望出去，只見一片黑暗。水與山與天沒有了邊界，連成一片晃盪，沒有名字的浮泛。

在上面，那些恍恍惚惚地飄過的是甚麼呢？你可見過雲垂得這麼低，這麼飄忽地從你的頭上掠過？

「那是船頂煙囱的煙呵。」

這走廊上有笑語和人聲，聽見一句聽不見一句的話，帆布椅上的人，燈光，和一點寒意。

在裏面，一張張牀上躺滿了人，也許他們都睡着了。一個老婦人站在那扇門後，她在窺望甚麼呢？而在那邊，對開不遠處，椅旁放着一瓶餵小孩的牛乳。

隔了一會，又有一個人把頭伸出去，驚奇地説：「你看，那些霧隨着我們的船在動呢。」

然後，「那是船頂煙囱的煙呵。」

又一個假想推翻了。在外面，還是同樣的風景。水與山與天沒有了邊界，連成一片黑暗，不假考慮的一個回答。

「那是船頂煙囱的煙呵。」

在一片黑暗裏，你看不見水是甚麼顏色，天明後你會發覺它不是澄清的碧綠，是夾雜着泥沙的微黃。

天明後你會看見事物的顏色，這些陳舊的屋宇，這些倉庫和碼頭，這安靜的馬路，你會發覺它們的另

一面，它們現在沉默而蒼白，但你會發覺它們不僅是這樣。等你看到它們自己的顏色，你對它們會有新的想法。

計程車是黑色，三輪車看來總彷彿也像黑色。在黎明前的某一段時間裏，一切東西看來都相似，這一個兜生意的三輪車夫跟那一個兜生意的三輪車夫有甚麼分別？他們將帶你經過同樣的惺忪的街道，讓你居住在大同小異的地方。

除非你自己有特別一個目的地，你自己走去；除非你自己去找尋：水的顏色。

（一九七二年十月）

路、屋宇、海水

這一段路幽靜，在左方，是一座座歐洲風味的屋宇，有些外貌土裏土氣，有些卻十分秀美，叫人希望在裏面長住。沒有甚麼車，也沒有甚麼行人，你感到悠閒、舒適、彷彿置身在風景畫片裏。

但是，不，在右方，那是黃濁的海水——風景畫片裏通常沒有的東西。

這地方最好的不是在它的名勝，而是在這些街道，寬敞、寧靜。你可以數着兩旁的房子，慢慢踱過去。門前那幾株樹是幾柱香，那些攀滿藤蔓的又是甚麼呢？

山上還有些疏落的房子，離開這裏一段距離，那所天主堂，那所酒店，當你仰望的時候它們就在那裏了。

在右方，微黃的海水中有一塊石，看來像一隻青蛙。據說這青蛙的口以前是張開的，它對着的那所房子便遭了劫運，死了人。現在那所房子門前的門柱上裝上道士帽一般的小簷，制着它。

這就是關於一隻石的青蛙和兩頂道士帽的故事。你可以坐在路轉彎那兒的咖啡座上，你頭上，沒有頂着一頂道士帽般的天花板，看着汽車在旁邊駛過去。在另一面，是海，如果凝望可以看得很遠。沿着這些

路可以隨便蹓，隨便你走到那裏去，走上那座古色古香的酒店，試坐在古式的會客室中，想像一個十八世紀的貴婦絮絮不休地跟你談她家族的歷史。

或者走上天主堂，俯望下面的風景，在走下來的路上，經過那座傳說中的鬼屋。黃昏了，這灰屋中的幽靈也是出沒的時候了，這些屋宇每一間都有它自己的性格，新式或舊式，美麗或不美麗，都自成一型。誰料到呢，這些街道和屋宇比名勝古蹟更引人入勝。

然後你再轉回路旁那個咖啡座，或者，你根本一直就坐在這裏，沒有離開。當你凝望，右面是黃濁的河水，有時汽車駛過吹來灰塵。如果你不介意，你一定快樂點。

（一九七二年十月）

爛頭東北

一

下船的時候，我們背起沉甸甸的背囊，腰間繫
一個水壺，頭上戴頂鴨舌小帽，就像準備走長途的旅
人。我們摺好地圖，剛才在船上已撫摸過千百遍，讓
指頭代替腳步，已經在那些紅色虛線代表的小徑上躑
躅前行。我們像對新事物無限好奇的兒童，眼光望向
前方，不把碼頭的車輛和海灘的泳客放在眼內，我們
一口氣走過漫長的海灣，把熱鬧的酒家和泳屋留在背
後，我們走過度假營，來到東灣頭。

有兩個黑衣老婦人坐在屋前閒談，我們就從這兒
上山去。

二

我們打算越過山到大水坑的神學院去。上山的路
比較吃力，我們坐在高山的石上休息，看下面廣闊的
海洋和海岸線，並且比賽背誦楊牧：

我想勸你不如去旅行，去看海鷗飛
去找一個陌生的地方住宿
明天我就去，去找一個陌生的地方住宿

兩個外國人從山的那邊轉過來，渾身是汗，喘着氣，背後還有三個。他們知道我們想翻山行往神學院，帶頭的一位搖頭笑道：「算了吧！」另一個說：「很美麗的風景，但太累了！」他們跟我們相反，從神學院來，往銀鑛灣去。他們走了多久？「一小時！」他們的上衣濕透，有幾個索性脫去上衣，綁在腰間，從我們來的路下去。

我們坐在那兒，看他們走下去，在半山走了岔路，我們在上邊呼叫，叫他們轉彎，但他們已聽不見了。在上面，隔一段距離，你看路會清楚一點，知道那條路通往那兒。但當你在走路，實際的情況就不是這樣簡單了。我們呼叫，他們已聽不見。但他們到頭來總會找到路的。於是我們就隨他們去，繼續擺弄指南針，翻地圖，並且背誦楊牧：

我想勸你不如去旅行，去看海鷗飛⋯⋯

三

中午左右終於去到神學院了。那兒地方幽靜，養牛，出產的牛乳很有名。我們向一位阿伯買，他帶我們走入冷藏庫(好一陣清涼！)拿給我們兩瓶牛乳，每瓶一元半，它們的商標是「十字奶」，但村民則稱之為「神父奶」，比一般鮮奶甜美(好一陣清涼！)走路的疲倦都獲得了補償。

我們走上牛房看牛。圓拱形的建築，兩旁開有窗洞。牛都在裏面。工人用力洗擦地面，用水把牛糞沖去。下面有宿舍，這兒可以住宿，但要預先申請，而

且要遵守規矩。神父們每朝四點起牀祈禱，他們也種田做事，把整個神學院打理得整整齊齊。花園裏種滿各種花朵。

這樣好的風景，我們正想停下來做中飯，卻看見一個牌子，說未經書面申請不能在這兒煮食。我們既然去到別人那裏，自然盡量尊重別人的意思，遵照規則。我們沿園後的石級向海灘走下去，在半途找到一幅樹蔭空地。我們在石上坐下，把煮飯的傢伙拿出來，把電油灌進電油爐裏，在神學院那兒取水煮麵，還開了兩罐罐頭，又煮湯，吃得飽飽的。對出去就是海洋，對面是坪洲，風景美麗。我們跑上跑下，取水，洗碗，把垃圾扔進焚化爐，最後還煮茶，把香片倒進水鍋的水面，濃濃棕黑色的一團，然後逐漸散開、沉下、與熱水的水泡混和，茉莉的花瓣舒展，在熱騰騰的水中再獲得生命。我們看着遠處的海洋，呷一口茶(好一陣清涼！)，奇怪，在這樣的熱天，喝一口滾熱的茶，感覺反而是清涼的。

四

離開大水坑的神學院，向大白二白進發，那是我們計劃黃昏紮營的地點。我們走了長長一段路，在長沙欄附近，來到有人家的小村。我們看見房子，但卻不見有人，只跑出一群惡狗來。這是我們幾日與惡狗戰鬥的先聲。牠們追着我們狂吠，我們站定，大聲吆喝，牠們退後一點。當我們前行，牠們又追上來。其中一頭追近朋友，甚至咬破他的褲管，後來才發覺原

來連足踝也咬傷了。真是豈有此理！也沒有人喚住牠們，人都躲在屋裏。最後我們只好揀起兩枝長棍，裝腔作勢，牠們真勢利，這才靜下來了。

我們避開有人的村子，走下多垃圾的海灘。陽光從幾處雲隙照下，像電影中聖靈顯現的樣子，我們則握着拐杖般的打狗長棒，像摩西或者甚麼長老那樣踽踽前行，這是新版的《出埃及記》。

五

稔樹灣是個小地方。我們坐在海灣的碼頭休息。碼頭是突出海中的長堤，我們躺下來，喝茶，休息。朋友的傷勢不嚴重，但這樣吃惡狗的虧真不值得。辛苦走一段路，在這裏舒服地休息一下倒是值得的。碼頭旁邊是沙灘，上面很骯髒，扔滿了瓶子罐子、膠袋、報紙和廢木，也沒有人清理一下。沙灘內面是農家，這一帶很多絲瓜田，糾纏濃密的藤葉遮去後面的果，只偶然露出粗硬的竹枝。我們很少看見人。這一帶的村落，青年多到外面(如英國)去，只留下老人和小孩。我們走過田邊，看見一個老人，他沒望我們，解開綁在碼頭許多艘船的一艘，開了摩托，開走了。這些船都很小，上面堆着槐棕色或黃色的油布和一綑繩子，像普通的小艇，原來它們都裝有摩托。老人去的不遠，也許就是對面的坪洲。比起來，坪洲已是熱鬧的市集，有街市和商店、學校和警局。這兒只是一個小村，與外界通訊或來往，唯一途徑是經過坪洲。稔樹灣是個凹口，形狀像布袋或碗口，人家都藏在這凹

口裏，偶然傳來幾聲狗吠。我們躺在碼頭上，這是這凹形灣口中央凸出的一道堤，三面由海水包圍。一個人從水中游近我們，只有頭顱露出水面，像是一個孩子，原來是個女孩。她游近，似乎看見我們，沒有在碼頭上岸，又回過頭游回右方去。她游了好遠，大概二三十呎遠左右，然後停下來，站在水裏歇息。原來那麼遠的水還是這麼淺。稔樹灣真是個小地方。

六

下一站是大興。大興的沙灘很清潔，也沒有絲棚，也沒有村民房子，靜悄悄的門前停着兩輛吉普車，好像是個不尋常的地方。

我們向海灘的碼頭走出去。有個中年男子和幾個孩子在碼頭。他很奇怪我們會來到這兒，他說這兒是他們的地方。他是旅遊公司的。他們買下了這兒和大白二白的土地，準備發展成旅遊區，我們記得在報章上也看過這新聞。

「是準備建酒店嗎？」

「不僅是酒店，」他自豪地說：「甚麼都有！」

我們站在碼頭，環顧這個海灘，瞻望前頭的大白和二白，幾年後這兒將只有遊客住宿，劃成高貴的地區，不再是我們可以旅行和露營的地點了。

七

在大興後面橫過一道溪水，在大白附近開始上山。走了許久，然後來到山上的一所學校，有一對少

年在那兒紮營。這兒在大白和二白之間，學校有水喉和廁所，十分方便；而且這時也近黃昏了，我們便在他們旁邊，搭起營來。他們是兩兄弟，放假乘船來這兒露營。聽說我們早上從銀鑛灣一直走到這裏，都讚我們走得遠，我們聽了，都表現得很自豪的樣子。

搭好營以後，第一件事就是從另一邊山跑下二白海灘游泳。那是一段長長的石級，兩旁是長草，走到下面，經過草和樹叢走出去，就是沙灘了。沙灘自然是沒人的，又自然是扔了一些破瓶和廢木，但水還算乾淨。二白的海灘多石，近岸一段石頭刺腳，走了老遠，水才不過到人腰部，石漸漸沒有了，是黏黏的土。我們在那兒開始游泳，水很鹹，浪很大，但走了一天的路在黃昏游泳總是舒服的。那邊是大白，這裏是二白，我們因為穿短袖衣服走路，臂上也曬成深淺不同的兩截顏色：一處是大白，一處是二白。

八

煮飯的時候，微雨落下來，我們只好把爐子搬進營幕，在裏面吃飯。雨卻又停了。我們又累又餓，自然是吃得飽飽的，兩個人還喝了一大鍋湯。吃過了飯，我動也不能動了，躺在那裏，想：「我休息一下，就要起來。」朋友收拾東西，我想：「我休息一下，就要起來。」矇矇矓矓之中，不知怎的就睡着了，一覺醒來已是深夜。四週一片黑暗。朋友睡不着覺，正在聽收音機。我聽到有人談沈從文，便聽下去。我們談到今早進來前聽見的貓王皮禮士利逝世的

消息。隔鄰營裏的兩兄弟也接口談起來，原來他們也沒睡，也在聽收音機。後來新聞報告的時候，他們還扭響了，讓我們聽人們爭着瞻仰遺容的新聞。我們都睡不着覺，躺在那兒談話。營裏很熱，是風暴前的悶熱，打開的營門那兒，可以看見每隔不久就是一下閃電帶來的白光，但沒有下雨。夜深了，忽然一隻蟬在左方響亮地高叫起來。

九

大清早醒來，天已亮了。吃過早餐，跟那對小兄弟說過再會，便再動程了。

沿石級走下二白，照樹叢中一棵老樹身上的「二白村」牌子的方向轉左。沿路有尖刺闊葉的植物，阻攔我們前進，走進村去，才發覺都是空屋或破屋，沒有人住在這兒。

走過一段路，看見一道溪水，水流清澈，石縫間儲滿了透明晶瑩的水，一端潺潺流入，一端淅淅流去。一道粗水喉橫跨水面。我伏在水喉管上，摹仿一隻紅蜻蜓那樣，俯下臉孔，探向那清瑩冰涼、微微顫的水面。不料突然身子失去平衡，整個人「扑通」一聲，掉進水裏。

好清涼好透明的水！我是一尾快樂的魚。

十

我們沿路上山，濕透的褲管漸漸乾了。長長的草叢阻住去路。我們把小路擴闊，在沒有路的那兒開

出路來。我們攀着半山上電力站的鋼線或是蔓生的枝椏，把自己翻過山的另一邊；也小心注視地面的陷阱、石和石之間的隙縫、草葉底下隱藏的針刺。我們欣賞蝴蝶和草蜢。我們採摘山稔。甜甜的山稔後面，忽然飛起一隻帶刺的黃蜂，纏繞着你，久久不願離去。我們沿路上山，濕透的褲管漸漸乾了。

十一

離開長草的崎嶇山徑，來到一片綠草的山頭，走高一點，便可以回顧得更遠。在那邊，遠遠那個山頭上，一點橙紅色，不正是那對小兄弟的營嗎？那就是我們昨夜紮營的地點。我們現在離它是如此遠了。我走着，走着，疲倦了，吃一顆糖，吃一個橙，設法安慰自己，或者索性怪叫一聲，坐下來，賴着不走。我的朋友拿我沒辦法。我想他沒見過在上山的路上休息這麼多次的人。我停下來，坐下來，吃一顆糖，吃一個橙，再走。走高一點，確是可以看得更遠。翻過山，涼風習習，彷彿可以把我們吹上天去。山那邊的木廠已在望了，我們看到海裏的浮木，一根根粗壯的樹幹浮在水面，有些聚成一組，有些零落參差。風真大，吹得我們渾身涼快。目的地木廠已在望了，我們想像在那裏一定可以看到許多東西。風真大，彷彿可以把我們吹到山下。但其實還有一段路要走。我們在山脊看見燕子，一個迴旋，輕盈地乘風遠去；彷彿不用着力，就可以御風而行。又一隻燕子飛過我們身旁，一個迴旋，就已經去得遠遠的了。甚麼時候，我們可以像燕子一般輕盈呢？

十二

到了山下，不見木廠，只見一塊農田、一所農舍，狗兒吠叫，不見人影。

過了這農舍，有一道溪水，又有樹蔭。已經過了午飯時間，有這麼好的地方，自然是停下來做飯。我們煮麵、煮湯、燒茶，我們把腳放進清涼的溪水，我們發明躺在岩石上，由水流按摩背脊的新辦法。我們把曬得發熨的皮膚，像「煎魚」那樣反覆浸入水裏。我們吃一顆西梅，舒舒服服躺着。弄這弄那，又吃又玩的，一頓飯下來，已經過了下午四時了。

我們收拾行裝，又再動程。滿心以為隨着在木廠可以看到許多東西，忘記了行程中一起一伏、一喜一悲的常則。才過了田，就發覺前面沒有路了，四週盡是密密麻麻的矮林。

十三

(據說，十三是不祥的。)

我們心想：只要朝海邊走去，一定可以走到木廠吧！那便推開低矮的樹木濃密蔓生的枝藤，向海的方向走去。走了許久，仍然是在叢林裏，枝藤仍然是濃密的，遮去了前景，糾纏你的背囊，綑綁你的手腳。我們站在那裏，進退維谷。從樹幹的空隙窺望，看見右方不遠是一扇斜坡，有幾塊巨石。我們辛辛苦苦擠近，隱約看見山坡上面有人家。連忙攀着不穩的

枝椏、光禿的巨石，把自己扳上去。在斜坡的半途，正在喘息，忽然上面傳來一陣狗吠，吠聲愈來愈兇，狗愈來愈接近，就在我們頭頂，好像想撲下來，把我們嚇了一跳，大叫：「有人嗎？」並沒有回音。斜坡上站不穩，上面有惡狗，上不去，只好後退，走下斜坡的另一邊。那裏是一片骯髒的泥地，堆滿垃圾、空瓶、廢紙，還有兩隻死雞。狗繼續追來，好像要撲下來，我們只好後退，向密林那邊掙扎走出海去。

終於出了密林了，才發覺那邊並不是甚麼海洋，只是海邊的泥沼。一片烏黑色。我們踏進去，好不容易才把一隻腳提出來。

褲管和鞋子，都變成泥沼的污黑色。鞋子被黏泥吸住，好艱難才擺脫了，下一步又陷回去，我們雙腳也是如此。對開的海面，都是黑色一片。這兒已是木材的集散地了。就像剛才在半山看見的那樣：一根根粗壯的樹幹浮在水面；只是隔遠看，看不見水這麼骯髒。遠一點的地方，有起重機和運貨船，有一些工人正在起卸木材。我們高聲呼喊問路，但他們隔得太遠了，聽不見。我們又向岸邊喊，也是沒有人回答。

岸上的叢林濃密，偶然響起一兩聲狗吠，我們只好沿着污泥前行。有一段時間，真不知如何是好。近岸一帶，淤積滿是爛泥，偶然露出一個缺口，似乎可以上岸了，不料就跑出一群無人看管的狗兒，向我們狂吠起來。我們夾在兩者之間，情勢真是尷尬。對開的海面上有浮木，但卻離我們太遠，顯然也不容易「參觀」，不像我們預先期望的那樣。結果我們只是

白走一場，陷在泥濘的地帶。

好不容易找到一個缺口，在近岸的地方拾起兩根木，指嚇着狂吠的狗兒，這才勉強爬上岸來。牠們仍然張牙舞爪；我們高聲呼喚，問可有主人？僵持了半天，才有一個婦人從屋內窗口探頭出來，突然又縮回頭去。過了一會，才有一個男子走出來。我們問往竹篙灣的路，又請他拉住狗。他高聲吆喝，狗群才散去了。我們渾身骯髒，問他借水洗滌。我們來到廚下，打水沖洗，洗了一盆又一盆，清水變成濁黑的顏色，倒了一盆又一盆，大家才逐漸恢復原來的樣子。朋友的鞋子不能用了，打算扔掉，問該扔往哪兒？屋主人說：「扔出窗外便可以。」我們探首窗外，只見窗下就是一個雜亂的垃圾崗。堆滿瓶子、報紙、果皮、骨屑、廢木、黑色的膠塊、爛布、生鏽的鐵器，還夾雜着一兩隻死雞。屋主人和他太太都很年青，襁褓中還有一個小孩，對這環境似乎無動於衷。他們以養雞為生，特別養了許多狗防人偷竊。

我們洗乾淨了，問路往竹篙灣，那男子告訴我們沿屋旁的小路上山便可以了。我們謝過他們，便再上山。他們一家三口，安靜坐在低矮的室內；我們走出來，沿路上山去。回過頭來，還可以看到他們的房子挨在山腳，旁邊是密密麻麻的雞舍，對出去是海灣裏一根根浮木，像淤泥那樣凝定不動。再對開的地方，有矮矮的一根根木樁，插在水中，像一道小小的籬笆或鐵欄，保護了不讓木材飄到外面廣闊的大海，也限制了它們流動的自由。

十四

跟着下來的一段路就舒服了。是山間的小路，但沒有阻路的樹叢和荊棘，自然也不會有泥沼。我們心裏輕快，不到半小時，已經把陰澳灣和木廠拋在背後，來到竹篙灣。有一所清潔無人的學校，我們就在寬敞的籃球場上紮營。沒有石頭紮營，就借用旁邊的大花盆來壓住營繩。所以營的四週都放滿花盆。在學校裏，可以望見下面竹篙灣的小村和船廠。這兒是香港有名的製造遊艇的地方。我們可以看見船廠那兒停着兩三艘未完工的遊艇。船廠很大，這時還有工人開工。

沒有水。而且還是黃昏，天還未黑下來。我們便到下面的村子走走，也想到船廠看看。在村中一所食堂的阿伯那兒，居然買到冰凍的啤酒，我們坐下來，喝一口，感到疲勞後的舒適，有說不出的暢快。成群狗兒在小路上逡巡，船廠關起門，不讓外人參觀。我們從一所舖子買了水果和啤酒，回到山上的營地去。天漸漸黑下來了，我們坐在沒人的學校的籃球場上，對着屋脊上明亮的月亮，左邊下面是竹篙灣的燈光，右邊隔着海可以看到遠處青山那邊的燈光，我們喝酒、吃罐頭豆豉鯪魚和回鍋肉、休息、談天、唱歌，感覺好像是屬於這地方的一份子。走了一天的路，現在只要好好地歇一晚，明天早上便再出發，步行到另一邊的昂船凹去。

（一九七七年八月）

夜 行

　　傍晚的時候從大網仔出發，過了竹灣不久，天色已經黑了。阿清和阿娟遠遠地走在前頭，老張和張太就在我背後。

　　張太說：「阿清好像不是旅行，是賽跑的樣子！」

　　「糟了，」老張說：「我現在已經開始有點累。」

　　「阿清今早為甚麼不大跟我們說話？」

　　「他現在一副大人的樣子，」張太說：「他今天滿臉嚴肅地到我家裏來，把我背囊裏的東西都倒出來，要替我重新收拾一遍。我現在自己也不曉得背囊裏有甚麼。」

　　「最慘的是，」老張說：「他一定要我盛一壺蜜糖。他說蜜糖最有益。我現在想喝水也沒有。」

　　「你可以喝蜜糖的呀。」我說。

　　「甜膩膩的，最可怕了。你要喝嗎？我可以整壺給你。」

　　「不，不要客氣……」

　　阿清在前面的橋頭停下來，還以為他等我們一起走，大家談談天。不料他只是說：

　　「你們還不快點走，就沒法在十一點到橋嘴了。」

　　「反正都是夜晚，為甚麼一定要十一點到橋嘴呢？」老張抗議了。

「計劃了這樣就這樣嘛！我們上次幾個同學來，十點多就到了。你們真沒用！」

「不同的人呀！」我説。

「你盛的蜜糖害死我。一會兒不曉得會不會惹上滿身螞蟻⋯⋯」

阿清有點生氣了：「你不要就給我拿好了。」

「説説嘛，阿清今天幹嘛這樣⋯⋯」

阿清又開步走。我們聽見他正在跟阿娟説蜜糖的益處。

前面一個分叉路口，黑漆漆的夜晚裏，一個人影也沒有。

「阿清呢？」

「照看應該是走斜上去左方的這路。我不大清楚。但他在路口應該等等我們的。不是遇到甚麼事吧？」老張有點擔心了。

「阿清！」

「阿清！」

寂靜漆黑的夜晚裏，只有遠處農舍的幾聲狗吠作為迴聲。風吹過來，搖動樹的黑影。向四個方向望過去，都不見人影。

「阿清不會有甚麼事吧？」老張説：「你曉得他最粗心了。上一回露營掉下田去，跌斷了手。」

他邊説邊向下邊探望。

「阿清！」我們在黑暗中再等了十多分鐘。擔心着。

「老虎呀！」

阿清他們從樹後撲出來。

「嚇死我了！」張太說。

「你以為這樣很好玩？」老張說。

上山的是柏油路，並不難走。天色愈來愈黑，只有前面山嶺的夾縫中，露出點點星星。我們一邊走、一邊唱歌，大家好像開心起來了。不管路多遠，幾個人談談笑笑的，總是易走一點的。

「好像是『呀，美麗的星星……』才對呢。」阿娟說。

「不，絕對是『星星是美麗的』，這歌我最熟了。我們有一次音樂比賽唱過的。」阿清說。

「誰有啤酒？我要喝一罐啤酒。」我說。

「我累了。」老張說。

「我們坐下來吃點東西吧。」

「不，」阿清說：「到橋嘴再吃。」

「有沒有弄錯？十二點才吃晚飯？」大家一起抗議了。

「我的肚子也餓了。」阿娟說。

「你們總是不依照計劃辦事的。」阿清氣鼓鼓地說。

「不要生氣，」我說：「你看，星星不都是美麗的嗎？」

我們在山頭的路旁坐下來。當我喝了一點啤酒，吃了一點牛肉乾，不但星星是美麗的，許多事情也美

麗起來了。這樣深夜走路，坐在星光下的柏油路旁野餐，不也是美麗的嗎？肥胖的老張和瘦小的張太，不都是美麗的？生氣了的阿清和沒有生氣的阿娟，不也是美麗的？是的，即使阿清是那麼年青，年青得那麼固執，但是，這個晚上，星星是這麼美麗呀……當我喝光一罐啤酒，我煞有介事地告訴阿清：

「星星的美麗是讓你欣賞的，不是叫你去爭辯的。」

他告訴阿娟：

「這老傢伙一定是喝醉了。」

他真是凡事都要找一個合理的解釋呀。

「遞一罐汽水給我，阿清！」阿娟說。

「喝蜜糖吧。」他說。

整個黑暗的山上，只有我們用電筒照亮的一個圈。我們就坐在裏面。大家拿麵包和午餐肉出來吃。開罐頭的時候，才發覺忘了帶罐頭刀。

「哼，阿清，是你替我收拾背囊的！」張太說。

「好心沒有好報！以後你請我也不收拾呢！」

「不要吵了，想個方法解決吧。」老張說。

各種各樣的解決方法提出來了。有人說把它用力擲到地上，有人說用石頭砸碎，有人說用炸藥把它炸開，有人說用電鋸。

阿清喃喃地說是老張走得太慢，不然現在可以走到橋嘴了。

「不要吵，有人來了。」

在山頭那邊，現出兩個黑暗的人影，他們手中晃着一點電筒的亮光。

「不會是箍頸黨吧。」阿娟說。

「大家小心準備。」阿清往他袋裏不曉得探出一點甚麼來。

「不要緊張，」老張說：「是過路的人吧了。」

當他們走近了，我們可以看見他們背上的背囊。他們也有點緊張。我們打個招呼，當他們看清楚我們的樣子，也放心地笑了。

「你們有罐頭刀嗎？」

「罐頭刀？沒有呵。」

然後他們向着我們來時的路走下去了。他們走遠了一段路，還隱約傳來那笑聲。「罐頭刀？哈哈哈。」

這使我們也笑起來。對，忘記帶罐頭刀不是悲劇，而是一件好笑的事。在星光下的山頭的幾個飢餓的人如何設法打開一罐罐頭呢？

「你背囊裏的是甚麼？一把斧頭？」老張問。

阿清點點頭。

「用斧頭來開不就可以了？」我們都高興起來，「罐頭問題」露出曙光了。

「但我的斧頭是新的呀。」阿清老大不願意的。

我們答應小心使用，又答應替他抹乾淨。他才把斧頭拿出來。那是一柄好看的小型斧頭。老張站起來，一斧砍在罐頭上。罐頭陷下去，但鐵罐並沒有破。他繼續砍，他站在那兒，牽起巨大的影子，許久

許久以前，原始人一定也曾在黑暗的晚上為食物舉起斧頭，只不過他們沒有這個面對罐頭的困難。

砍了四十一斧，罐頭變成一團面目模糊的東西，才算裂開幾條縫來。我們從縫中刮出肉來吃，好美味的罐頭午餐肉絲呢！

從另一邊下山了。這一次不再是柏油路，而是樹叢中山石的崎嶇小路。

路好像更黑了。阿清和阿娟走在前面，我跟着，老張他們走在背後。我又開了一罐啤酒。但我沒有機會抬頭看天上的星星了；我也沒有看阿清和阿娟走着急促的、跳躍的步子；也沒有看老張他們在背後走着遲緩的、穩重的步子。我得專心地拿着電筒照着前面、我一隻腳踏下去的地方。我得弄清楚哪兒是石、哪兒是泥。有時一個忽然陷下去的地方，叫我踏了個空。

我喝着啤酒，專心看着路，想起許多事情。路是一直向下陡去的。有時又是「之」字型的轉彎。有一會我可以看到吐露港的燈火，有一會轉了彎又再也看不見了。我笨拙地走着，又想到另外許多事情。我起先想到阿清的年青，然後我想到老張，然後我想到這樣子一起走一段夜路的機會以後也許再沒有了。不僅因為大家年齡不同，也因為步伐不同。走着走着。我停下來，感到周圍一片黑暗。風呼呼吹着。前面看不見阿清的影子，他們已去遠了，回過頭去，也看不見

後面的人。我低下頭，看見電筒微弱的光，只照着眼前的地面。

我繼續走下去。在轉彎的地方，一些橫倒在地上的枝椏阻着路，我幾乎也給絆倒了。我把樹枝扔掉，跳過石隙。

「嘩！」前面一聲大叫，嚇得我幾乎把電筒也給掉了。原來是阿清的惡作劇，他不作聲地站在路邊，突然叫起來。他還要嚇他們，我說最好免了。我們還是等等後面的人吧。過了幾分鐘，他們才走到了。他兩人用一支電筒，光線微弱。老張提議跟阿清換一支，反正他和阿娟共有兩支大電筒。可是阿清搖搖頭，說：「我們領隊，要光亮的電筒呀！」然後就繼續走。而他的所謂領隊，也不過是一溜煙走得無影無蹤吧。我把電筒跟他們換了。下了山就到橋嘴了。穿過雜貨店和農家，就去到我們打算露營的碼頭。「比原定計劃遲了兩小時。」阿清不開心地說。大家不知怎的都沒有到達的喜悅，反而剛才在路旁吃東西時還開心點呢。阿清先行，我們走到碼頭時聽見他嘀咕個不停。原來碼頭上佈滿了牛糞。「上次來也沒有！」他說。

又一件超出他計劃之外的事情！

(一九七六年十月)

聲　光

笑容可掬的臉

看夏迦爾(Marc Chagall)的照片，最吸引我的是他的笑容。每一張照片裏，他都笑得那麼開懷。有一張，他坐在椅上，懷裏抱一隻貓，眼睛專注地看着那邊的一點甚麼(是一個女孩還是一株栗子樹)在笑，嘴邊的笑紋，變成兩個胖胖的括號，合着的脣是一個可親的數字。又有一張，跟英格烈褒曼合照的，笑得眼睛眯起，牙齒都露出來了。跟兒女在一起，跟妻子和朋友在一起的，都盡是笑。即使合上嘴巴，臉上也泛滿笑意。能夠這樣毫無保留地，由心裏笑出來，實在是不容易的事。

夏迦爾的臉孔輪廓分明，看來像一頭山羊或者一個牧神。好像就是從他畫中跳出來的人物。這樣一個人，你會覺得可親，好像他覺得人生充滿了奇妙的事物，而創作是一件快樂不過的事情，他的皺紋告訴你他經歷不少事情，而他的笑容向你保證，仍然沒有甚麼是不可以的。

所以當他畫面上的戀人在空中徜徉、魚長了翅膀、馬會飛翔、雄雞變得比人還高大、天使飛過艾菲爾鐵塔、拉提琴的人在打筋斗，那也不過是他那種笑容的魔術吧了。人們板着臉孔定下一切規律：人與物的秩序是這樣的、顏色是這樣的、線條又該是這樣

的；而夏迦爾以一個頑童惡作劇的笑容把它們推翻，他把一條街道打碎然後重整，他把一對戀人從他們並肩安坐的姿態拆開讓他們在空中的玫瑰花叢重逢。當你細看，你一定會在畫面上發現他那抑不住的笑意。

但他的笑從來不是一種嘲笑，他不是一種為理論或為破壞而打破舊秩序的人，他經歷過立體派的洗禮，這種僵硬的畫風落到他的畫面卻變成繽紛溫柔的構圖，猶如他臉上的皺紋一樣自然。他的個性是突出的，他經歷一切，然後以一個笑容把一切起伏化為創造。他經過第二次大戰的可怖日子，失去妻子貝拉，卻在畫面上為她佈置更美麗的家庭。他的笑不是無知的笑容。他就站在那裏，在他的畫作面前，笑着。即使在最繽紛夢幻的畫面中，我們總可以找到他的俄羅斯故鄉小村的人物，他所愛的人，他喜愛的事物，像一撮泥土那麼可以親近。他像一個作夢的人那樣笑着，雙腳卻是站牢在土地上的。

（一九七五年四月）

金屬的心跳

　　一陣風吹過，那些金屬線末端的圓形或心形的金屬片，就輕輕晃動起來。那些紅色的藍色的金屬的心，不住跳躍。

　　但創造這些雕塑的人，卻靜止下來；血肉之軀的心臟停止跳動；這七十八歲的老人，與世長辭了。

　　阿歷山大·可達(Alexander Calder)原是一個工程師，難怪他的作品具有工程師的準確；但另一方面，他也有詩人的歡愉與幽默。早年在巴黎的作品，用金屬線扭成人形和動物，他又用金屬線鏈成他的馬戲班。他這個馬戲班主把整個馬戲團隨身攜帶，像一個魔術師那樣從笨重的金屬中找出靈巧的生命，變成可以翻筋斗或是走索的、活生生的一點甚麼。他像一個醫生，探摸金屬的軀體，聽見了它們的心跳。

　　可達最大的貢獻，在使雕塑動了起來。在早期這些靜態雕塑之後，他開始製作動態的雕塑。終其一生，他有靜態和動態的作品，像明與暗、動與靜、生命與死亡，像翹翹板的一升一降，他自己是其中的樞紐，調整了起伏、保持了平衡。

　　他的作品教我們看來歡快，因為它們明淨、單純、平衡。當他作出動態的作品，表面看來像一種魔術；像施行神蹟的人，伸出手，就叫癱瘓的金屬病者

站起來，舒展筋骨，過一種活躍的生活。但其實那不是甚麼魔術和神蹟。因為他正是一個耐性的醫生，是緩緩地把脈和仔細診症的。是了解了金屬才叫金屬活起來，因為他有一個工程師的精密思考。

這麼多年來，可達製造了不少雕塑。放在博物館前面，在廣場和郊野，與車輛和行人、與蜜蜂和花草一起。有些是靜止的獸，有些是頑皮的活潑的孩子，一隻隻臂上掛滿了東西，微風來時就晃動不止。設計是精密的，卻不是機器的刻板，那是一種溫和的幽默、愛情與運動的心跳、大自然的感應。可達找出金屬裏的童心，叫笨重的鋼鐵一起玩遊戲。今天他已逝世，但經他治療而痊癒的金屬的心，仍然健康地躍動，沒有停息。

（一九七六年十一月）

老人

馬蒂斯(Henri Matisse)的剪紙，最近在外國舉行展覽。剪紙都是他晚年的作品，他一向色彩柔麗，調子活潑，晚年這些作品更是從燦爛歸於平淡，格外柔和，格外簡潔，使人看來感到舒服，像淡淡的酒，熨貼着心。最近度過九十大壽的夏迦爾，晚年的畫也是那麼盈麗明快。他們這些老畫家的明麗，是穿過繁雜抵達的單純。仿如越過蕪雜藤蔓的草叢，最後聽見天空深處的鳥鳴，晶瑩舒暢，是一個最後的補償。有人說馬蒂斯喜歡在他朋友的牀邊，舉起他自己的畫作，像日光燈那樣照着他們。我十分喜歡這個傳說，他的畫那麼溫暖明亮，確是有一種康復的力量，可以照得臥病的人好轉的。

年輕好像很可以驕傲，但年老的智慧，往往更使人羨慕。許多藝術家成熟的作品，都完成於晚年。年輕人給人的感覺是挑釁和浮躁，成熟卻可以帶給人安慰，仿如日光燈的畫作，令蒼白的病人痊癒。所以這樣說，是最近看到意大利片《艾蓮・艾蓮》，很喜歡其中那個老人的態度。

那個老人，是一個法官，他的太太有一天忽然離開他，令他反省，是由於固定的生活過得太久，感情逐漸逝去。他工作過勞，遵醫生命令度假，遇見其他

人，發現了許多事情，覺得自己不再是個可以判斷他人的法官了。

　　說喜歡這老人的態度，是他可以聆聽、傾談、反省。他可以與療養院裏的人個別散步談話，了解他們的問題。他對那些男女、對自己的媳婦和兒孫，都是如此。可以一起走一段路，深談與反省。相反，他的兒子，卻立即就批判自己的母親，妄下定論。這老人欣賞書本中的智慧，戲中的年輕人卻說不看書。明知了解不易但仍能夠肯定與人溝通的作用，能夠從固定的生活中走出來，這都是不容易的。

（一九七七年九月）

不可能的夢

　　看莫迪格里安尼(Amedeo Modigliani)的故事，很奇怪他怎麼在生命中有一段時間會那麼沉迷雕刻。我們今天看他，喜歡他，都是由於他的肖像畫。橢圓形的臉孔、長長的身軀、豐美的肉體、敏感的細節，都是莫迪格里安尼的特色。說到他的雕刻，知道的人不多，欣賞的人更少。留下來的，一共也不過廿來件吧了。

　　然而，他的一生，確有五六年是完全沉迷在雕刻中的。他的一生並不長，卅六年吧了，用來創作的日子大概只佔一半。這樣看來，那幾年倒像有點浪費。他要在石頭上雕刻，又沒有材料，又沒有錢買，結果去偷石頭。做石雕又影響他的健康，他的健康本來就不好，經濟更拮据，石雕對他來說，本就是一個不可能的夢。

　　但是，真奇怪，人就是這樣，創作的人就是這樣，偏要作那不可能的夢，偏希望那不可能的。人真正清楚自己能力的很少，不是高估，就是低估了。沒有做過的事，我們不敢做，這是因為對自己沒有信心；有些事，以為可以駕輕就熟了，不料卻大大碰壁，這才明白是信心過度。人不但估不清別人，也看不準自己，於是有人不敢做夢，有人做那不可能的夢。不敢做夢的人沒有幻

滅，但也沒有大的快樂；做那不可能的夢的人，可能飄上雲端，亦可能從雲端摔下來。

　　生活把人磨得蒼老，在高低起伏、挫折與退縮之間，叫人看見那生涯的局限。做不可能的夢的人，也可能會到頭來變成不敢做夢的人；既不快樂也不不快樂地生活下去。每個人的路，到底都是自己選的，連怨人也不可以。莫迪格里安尼的可愛，自然是他把青春與才華揮霍，只為了作那不可能的夢。也許他真不擅雕刻，但他卻不甘於局限，甚麼也試上一試。誰又能說夢是生涯的虛擲？雕刻的經驗，使他後期的畫造型更剛勁，結構更成熟了。

（一九七七年三月）

畫的説話

朋友掩着畫題，叫我猜梅沙哲耶畫中的人物是誰。

老天，那是羅素！

不管像不像，這是梅沙哲耶刻劃中的羅素，正如旁邊的是他的西萬提斯。即使不是人物畫，每張畫裏也有一個人。那兩尾魚？那是梅沙哲耶。你喜歡它是因為你喜歡他的風格。

你走上這些梯級，你對着這些一幅幅的東西看了又看，難道是因為你喜歡紙或者喜歡玻璃？你是來看這些人。你看那個連音樂會也橙色了的輕快的杜菲。你看那個連鳥兒也棕色了的穩重的勃拉克。

你來看這些人。每個人都那麼不同。每個人都好嗎？你真該好好的跟他們打個招呼，聽聽他們説話。夏迦爾？他總是喜歡説戀人與天使、小丑、飛揚與滑翔，把尖塔上的雲與地上的泥土混合起來。在混聲合唱中且不要忽略每一個微弱而甜美的音符吧。

我也喜歡聽錫利説話。在《孤獨》裏，廣大的空間中，零落的樹枝之間隔着一大幅距離，那麼遼闊的白色中的微弱的黑線。他説了甚麼？他沒有説甚麼。那麼遼闊的沉默中只有偶然幾個音符。像他的人物的眼睛，那麼呆呆地瞪着，沒有説甚麼。他的嘴巴緊閉

着，沒有說甚麼。光投影在貝納奴臉上，使那位穿黑衣的宗教小說家看來像一個沉默堅忍的苦行僧。我看着貝納奴——我是說：我看着錫利……

愛力京斯基的話很有趣味，晏斯特的話很伶俐，畢加索這趟卻反覆從不同角度去說他的《畫家與模特兒》，這些人不都是很有趣的朋友嗎？

有些人的話我不喜歡聽。像華沙里萊的光合畫。但也總有人站在那些細細的格子前細心欣賞的。因為在那些畫裏面也有一個興趣相投的人——一個喜歡格子的人。

（一九七二年二月）

請勿觸摸

　　走上「藝川」，都不是我喜歡的畫。那麼多的圈，那麼多的點，那麼多的線。光合的遊戲，顏色的遊戲。

　　站在一件作品前面，看見它像在動，線條重疊又分開。它在跟我的眼睛開玩笑。看清楚，那作品有兩層，前面和後面的線混淆了，產生視覺上的錯誤。

　　顏色、線條、光影。看過，沒有甚麼特別的印象。一個無關痛癢的玩笑。

　　在大會堂頂樓，有另一個畫展。《創造的美國》，展出一些當代美國藝術家的作品。

　　也是那麼多光的遊戲、聲的熱鬧。

　　一個鏡框，豎在一片風景的模型上，告訴你：這是視域，這是觀察的角度。一些牌子寫着「請勿觸摸」，另一些牌子是「請觸摸」、「請把展品倒置」。一些是冷冰冰的，是死物，是圖案，是光，是顏色；另一些，那創作的人極度主觀地站了出來，歪曲一切，改變一切，在摹製大自然的風景上豎起了他自己的鏡框。

　　有些，冷冰冰的，隔得那麼遠。是規則的圖案，是對意義的反抗，是概念的流露。它有美學的意義，它在藝術史上的出現有它的理由。但對我這一個觀眾來說，

那樣冷冰冰的神氣，卻是像它的牌子所寫的一樣，是不可觸摸的。

至於另一些，它們叫你觸摸，但那也只是一個牌子，一種命令。在齊白石或石濤的畫中，你聽見那畫畫的人在跟你說話，說他怎樣想。但在這些藝術品中，說的話是印在畫旁的標語，而且往往是：請勿觸摸。

(一九七五年十一月)

強烈的個性

　　畢加索(Pablo Picasso)逝世後，電視上有個關於他的簡短節目，介紹他在四幾年的一輯畫作，也拍出作那輯畫的背景：地中海沿岸的風景、大海、古堡、街邊攤子擺的生果和海產。畢加索當時在地中海畔一所古堡作了數量很多的畫作。我們看鏡頭所示的單純的攤子上的鮮魚、刀子切開的西瓜，再看持畫筆的畢加索背後的作品，可見他怎樣把簡單的題材用複雜有趣而又極有個性的方法表達出來。能夠永遠用新鮮的眼光注視單純的事物，而又有充沛的創作力把它們作千變萬化的組合與調和，正是畢加索的特色。

　　畢加索的世界是陽剛的，他繪畫過無數風景和人物，他的世界確是那種陽光遍地的世界，彷彿太陽煌煌地照着，地上是粗石或沙礫，赤足的孩子奔跑過去，連影子也是白色的，炙熱的天氣，皮膚是燙熱的，一桶水淋下去，不一會也照樣蒸發掉了。人們踱過市場，有蔬菜和魚的腥味，不是可厭亦不是芬芳，只是非常實在、毫無忸怩的姿態，人們一步一步地走過去了。

　　他的畫作不是這麼具體的一幅形象，但那些扭曲也同樣的叫人覺得實在應該。笨笨重重的一個形象，倘若是一個笑話，就叫你開心大笑，不是那種刺得人

不舒服的嘲諷。即使「性」也是一樣，畢加索的性版畫是大大方方的性，不是那種色情笑話式的性，也不是蠱惑的指指點點的性。他的古風畫作中有諸神的淫亂，但沒有現代人那種竊竊私語的性。

電視上放映那部短片，鏡頭對着他的畫，輕快地上下擺動，跳躍不定。其實他的畫有活力，卻不是這種蹦蹦跳跳的活潑。他的畫很強很穩，去年他九十大壽，雜誌上刊出他一張照片，披一件金黃的袍子站在畫室中，一副「雖千萬人吾往矣」的氣概，又像一個穩站在鬥牛場上面對兇猛牲口的鬥牛士，這小老頭是精力充沛的。

他的活力充沛，表現在生活及作品上。他作畫產量十分豐富，光是逝世前三年的新作，就有二百零一幅之多。幾十年來的畫作，相信共有一萬多幅以上。他隨手畫下的速寫等，更是不計其數。據說他不管是在餐室或甚麼地方，隨手拿起菜牌或紙張來就畫。

畢加索創作量多，但他受人影響實在不少，他的題材順手拈來，對於古今名畫家的作品，佩服的就索性吸收轉化。他結過幾次婚，他在藝術上也是個多妻主義者，只不過不是輕薄貪新，而是每個時期都是整個人投入去，改變了自己也改變了別人。他表現過許多不同的畫風，卻沒有堅持畫派，他立體時期的作品極有名，但事實上勃拉克才是更徹底的立體主義者。

畢加索千變萬化，那麼他的優點在哪裏？我想我們可說是在他的個性。他就像一個個性強烈的人，不管甚麼別人說過的話也好，一旦由他說來，就染上了

他的個人色彩。他是典型的西方人性格：外向、侵略性、無所謂謙虛容讓的德性，他的畫也是同樣滔滔不絕。而我們欣賞他的畫作，亦不過是因為這個強烈地暴露出來的個性中確有動人之處吧了。

(一九七三年四月)

表達情感的舞蹈

去看瑪莎・葛蘭姆(Martha Graham)在港表演的兩晚現代舞，最喜歡的有兩場，一是根據伊狄帕斯神話改編成的《夜旅》，一是《懺悔者》。

這些舞蹈，接近詩多於接近小說。比方《夜旅》，沒有怎樣敘述故事，只是集中在表現裘岊絲姐(伊狄帕斯的母親及妻子)獲悉悲劇後的複雜心態。另一晚的一場米蒂亞的悲劇，同樣是在表現愛、妒忌、悲傷、命運等抽象意念，而不在交代故事。

使我驚訝的是，這些舞蹈表現意念、情緒和人際關係，表達得這麼新鮮，卻又成功。像《備戰的庭園》，是男女愛情的糾纏，寫出懷戀與背棄的關係。這四個男女，可以是亞當、夏娃、亞當的舊情人與新的陌生闖入者，也可以是任何四角關係的男女，這舞蹈不是在跳出特殊幾個人的關係，而是抽象也概括地表現了愛的關係。又如第二晚的《迷園的歷程》，借用迷宮和怪獸的故事，說的卻是恐懼的觀念：一個人怎樣克服恐懼。這些觀念都是抽象的，但跳舞的人卻好好地用具體的動作使我們觸及了那感受，這就像好的詩，在不落言詮中先讓我們有所共鳴，用一個新鮮的形式表現了我們共有的經驗。

《懺悔者》有兩面，一方面是幾個人在街頭演宗

教劇，一方面是他們卸粧後在街頭跳舞。我最喜歡的地方，是當那女子除下頭上的黑巾，露出裏面粉紅的頭紗，輕快地跳起舞來，那樣單純的喜悅，像早晨的鳥聲和青草，是纍纍的黑夜積壓後的舒伸。

《阿伯拉罕的春天》，在服飾和氣氛上，都帶有濃厚的美國墾拓時期的風味。是我比較沒有那麼喜歡的一場。

《夜旅》和《心穴》，則是希臘悲劇的現代化。尤以前者包涵豐富，以現代技巧，捕捉古典精神。《夜旅》把伊狄帕斯的故事化至最簡單的骨幹，而又像現代戲劇一樣，嘗試用最經濟的方法說最多的話。這場舞中伊狄帕斯的一件外衣、一根繩子、台中仿如現代雕刻又仿如神壇的一件道具，都發揮了最大的效用。比如伊狄帕斯之被他自己的外衣糾纏，又如繩子把這雙戀人連結起來但又使他們被纏繞而無法掙脫，還有先知持棒在二人後面俯視，都是充滿豐富暗示性的動作。一群黑衣女子如黑蝶般掠過台上，先知雙手持棒按着地面由台的一端跳到另一端，既帶來豐美的視覺上的收穫，也造成一種奇異大膽迫人的效果。

即使在古典的外衣下，這種強調表達人的情緒如喜悅、悲哀、猶豫、恐懼、絕望等等的做法，卻是非常現代的。他們的舞步，可能溶合了東西方的舞步，具有各種古典和現代的影響。他們的步伐和身體的扭曲，有時甚至不是一向所謂美的；只不過是情緒猛烈得無法用一個普通的姿勢來表達時，用一種強烈甚至扭曲的方法表達出來。在情緒的表達中，我們卻也可

感到編舞者對人生各種經驗的豐富了解，不是賣弄技巧這麼簡單。

這些舞蹈確是具有不用言語甚至不用故事而可以與人感應的神奇力量。人的身體在活用時竟也可以是這麼好的表達工具，只不過這種力量有時在現代社會中被人忽略而致消失吧了。

(一九七四年九月)

陌生人與親人

　　彼德・西嘉(Pete Seeger)作過一支很著名的歌，叫做《花兒們哪裏去了？》相信很多人都懂得唱。大意是說：「花兒們哪裏去了？女孩子採去了。女孩子哪裏去了？到男子哪裏去了。男子哪裏去了？他們穿上戰衣了。戰士們哪裏去了？他們躺在墳墓中了。墳墓哪裏去了？全蓋滿鮮花了。」

　　這支民歌的來源可叫人一下子猜不着。原來西嘉是從蕭霍洛夫的長篇小說《靜靜的頓河》中獲得靈感的。《靜靜的頓河》中引了一支古老的民歌，是這樣的：「鵝兒哪裏去了？到蘆葦那兒去了。蘆葦哪裏去了？女孩子採去了。女孩子哪裏去了？她們嫁了丈夫了。哥撒克們到哪裏去了？他們上戰場去了。」西嘉根據這歌，就寫出《花兒哪裏去了？》這一支歌來。

　　由一本俄國小說引的歌詞，到一支現代美國民歌，這當中是經過了多少距離呢？而民歌可貴的地方也是在這裏，因為它所寫的都是基本的、各個民族共通的感情，因為它的表現手法都是這麼單純、樸素，所以它往往可以越過民族和國家的藩籬。

　　西嘉有一張唱片《陌生人與表兄弟》，聽來特別有這種感覺。因為這次他在環遊世界的旅程後，在音樂會上演唱從各地學到的民歌。有德語、俄語、印

第安語、蘇格蘭口音的英語，有愉快的歌、哀傷的歌……

比方其中有一支是他在蘇聯時從電台聽到的，很單純的歌：

> 但願永遠有陽光，
> 但願永遠有藍色天空，
> 但願永遠有媽媽，
> 但願永遠有我。

多簡單，但也多美。這是一個六歲小孩子寫的。

至親的是陽光和藍天，是母親和自己。這是一個孩子眼中的世界，也是只有民歌才允許的世界。澄藍的天空中太陽照着大地，只要人們就這樣唱着、願望着，那便甚麼煩惱也沒有了。

所以不管是一個蘇格蘭工人埋怨社會轉變中一切由機器的力量代替了人的力量也好，德國士兵在集中營中的盼望也好，一個蘇格蘭青年戰士的從容就義也好，都可以譜成歌唱出來，與更多人輾轉相告。不管悲歡抑哀樂，都可以是如此新韻入清聽。

唱片中搜集的歌也不限於古老的民歌，有一支東非的歌，短短的：

> 天使，我愛你，天使
> 但我失敗了，因為我賺不夠足夠的錢來買你做我的妻子。

這支歌，原來是當地電台上經常播放的流行曲。

　　只要是好的歌，不分古今中外，都可以收集起來，互相交流。這不也是一切藝術的目的嗎？所以西嘉作了一支歌，叫做：《一切混合在一起》，這是一支「雞尾歌」，混合了幾種語文的用字，但意義卻是深長的：「我想我們這世界快要混合在一起了！」「你看，我們其實全是表兄弟呢！」每個國家的人在日常生活中逐漸使用了外國的字眼；在不同的國家中，我們總可以找到一段相近的旋律。「你看，我們其實全是表兄弟呢！」

　　在這張唱片中，西嘉唱了卜狄倫的反戰歌《戰爭販子》、又唱了《談原子彈》，但他也唱了輕鬆的《呃、呃、呃》，唱一個女子在新婚之夜不住在牀上說：「呃、呃、呃。不要這樣呀，不是這樣。」叫人聽來忍不住笑。他有嚴肅一面也有輕鬆一面。經他唱來，一切感情，一切不同的歌，正如不同民族的人，都可以是相近的親人而不是陌生人。

（一九七四年五月）

《冬暖》的細節

看《冬暖》，喜歡它現實生活中的細節刻劃，那麼豐富又有趣味。它拍攝都市中的小人物，或許不算寫實，因為有些地方是美化了，壞人到頭來也好像頂有義氣；但這電影也有寫實劇所無的故事性與趣味感，把現實題材加以提煉的處理能力。

《冬暖》不是樸素也不是含蓄。《哀樂中年》才是樸素，《董夫人》那樣默默無言的戀情與節制才是含蓄。《冬暖》是新舊交替時代的小市民，本質有幾分純樸，但也會說幾句新派的俏皮話，只是老實得不教人討厭，也沒有油腔滑調得過份就是了。既有婚禮節慶的嘻嘻哈哈，也有寒夜街頭的冷清。導演的觀察全面而又仔細，三兩個鏡頭就交代了老唐太太的厲害，其他次要人物的性格也不含糊。老吳住在老張家而老張帶女人回來的一場，或是海邊打架的一場，有些地方處理得容或誇張，但阿金最初回來，碰到老吳的招牌回望他店中的時候，或是老吳望着洗過的衣服的時候，還有重逢的時候，都寫得恰到好處。以前看《哀樂中年》，最記得其中一個細節：中學教員開桌子的抽屜，因為是舊桌子，每次都要推推抽屜才可以把它打開或鎖好。這些細節的處理，可見導演的觀察力。

而《冬暖》就像小市鎮中親切的雜攤，包含着許多小小的趣味與哀樂。是世故的人說一段故事，枝節豐富，不會叫你發悶。片中出現的包子、菩薩像、衣服、加在麵上的鹽，都盡量發揮效用，前後呼應，沒有浪費。導演和編劇利用手上瑣碎平凡的材料，編出一部親切的電影。這就像片中的老吳，利用自己有限的經驗和文字，寫出「男人洗衣服雖不像樣，也不能隨便亂交與其他女人來洗」之類有趣而感人的句子。

（一九七五年八月）

祝福

　　電影《祝福》現在看來仍然動人。大概由小說改編的電影，好的是可以更具體更精微，而壞的則是簡略化膚淺化了。電影《祝福》是具體的，一些次要的人物，如四老爺、如賀老六、如柳媽和衛老婆子(電影中改作一較年輕的角色)，都着實有了頭臉；而它也是精微的，這些人物和他們舉止的細節，織成豐富的戲劇。

　　小說或電影的藝術應該是細緻的，這細緻不是人們所謂的雕蟲小技，而是對人生的全面感應，超乎定論的敏銳觀察，到頭來為了把這樣一個生命表現得更深。比如《祝福》戲中的四老爺，屢次批評祥林嫂的時候都有他人在場，毫不顧忌地當着其他女傭人在背後罵她，這就顯示他根本不尊重其他人，把人不過是當一件買回來的貨物那樣；還有他屢次一面教導兒子(例如叫他要坐得正，筆要拿得正)，但一面就用迷信迂腐的想法去批評祥林嫂，這也有一個反嘲：本身不正直的人如何可以教導下一代正直呢？而另一個四太太的角色，跟四老爺有點不同，她比較接受祥林嫂，但我們跟着又發覺，她之接受純粹是在實際的立場，因為祥林嫂可以一個人做兩個人的工，來了以後過年不必僱短工，這給她帶來現實的好處，所以她留下祥林

嫂，但到了重要的關頭，她也不見得為人着想，又如剋扣工錢等，更見她的計算了。又如那個年青的中間人(衛老婆子的角色)介紹人完全是為了賺取佣金，為自己的好處；婆婆要賣祥林嫂，她也幫上一份，整個人是完全沒有原則的。第一次在賬房裏她臨走前說的那幾句話，捧了魯家、少爺、連另一女傭也不遺漏，可見她厲害，也可說是今日常見的捧場文章的經典之作了。又如柳媽，因為是吃素的，所以後來用鬼神之事來唬嚇祥林嫂順理成章，這倒是魯迅原有的細節，電影至少把它活用了。

　　而我覺得電影寫得最好的人物是賀老六，他在原著中只是淡淡的影子，但戲裏卻作了得體的補充。祥林嫂被捉去拜堂，求死而碰傷額角。賀老六一直覺得不忍，但又不知如何是好。他最後甚至答應把祥林嫂送回去，他的誠懇和關心，使自覺走投無路的祥林嫂自動留下來。這一場心理轉變寫得合情合理，為祥林嫂的第二次婚事提供了合理解釋。對祥林嫂的描寫，也讓我們多見到她感情的一面，使這人更有血肉。

　　戲中許多地方有伏筆有回應。例如孩子走出門外，例如村子裏有狼，例如獵槍和花鞋，都物盡其用。四老爺的孩子燒爆竹，第一次祥林嫂教他用手拿着燒，第二次他自己燒，祥林嫂已經被迫淪落街頭，這些細節的呼應，都可見用心。

　　好的地方是情理襯托，互相補足，不好的地方則是互相扞格了。例如電影發展下去，忽然到了祥林嫂儲錢捐門檻的時候，又來一段旁白，說「於是這老

實的女人就努力工作，儲夠了十吊錢……」之類。既然畫面上已是她在努力工作，也看見她儲夠了的十吊錢，也看見她儲夠了錢交給廟祝，這些已經完全用畫面表達出來，還要加上說明性的文字，不但突兀，反令效果打了折扣。

又如賀老六被迫還債，兒子慘遭狼噬，賀老六病死，全在一場中發生，也給人一個感覺，是故意把所有悽慘的東西砌在一起叫人感動。而且兩個悲劇高潮同時砌在一起(原著其實有先後)各自不能更多發展，也互相影響了劇力(比如我們會對兒子的事感受更深，對賀老六死一場，劇力就覺淡了)。還有一個缺點是結尾拖得太長太散，相對之下，魯迅的結尾淡淡幾筆，不用言明，就使人感到那爆竹聲音背後的孤苦，熱鬧幸福背後的可憐，是更感人更細緻的藝術了。

(一九七八年五月)

影響

　　保羅紐曼是有才華的。在電視上看到他導演的《加馬射線對月球人金盞草的影響》，這麼少幾個人物，簡單的情節，卻深刻動人。這電影成功，得力於編劇不少。人物都各有特色，但並不特別誇張、不典型化。比如鍾活華演的母親，在廚房裏呢呢喃喃，吸一根香煙，讀報上的分類小廣告，常常回憶當年，絮絮叨叨，不是一個盡責的母親，但也不完全是壞人。她有自己的夢想，有時也對女兒內疚，想對她們好點，不過做得不好而已。這種不徹底，看來也合情合理。

　　片名說到輻射線對花朵生長的影響，這固然是片中小女兒參加科學比賽所做的題目，其實當然也另有所指。那盆盆栽裏的各株植物，因為受到不同程度的輻射影響，即使在同樣的陽光和水份下生長，也各自不同，有些盛放，有些枯死。我們通常總是把人的生長，比諸植物的培養。小孩的生長，更是容易受到外界的影響。片中兩個女兒，在有缺陷的環境，不完美的栽培下成長，又受到外界不良影響，但結果一個女兒變得自私、憤慨、要報復、傷害他人，但另一個女兒卻能保持善良，熱愛生命。

　　我們往往會遇到許多大大小小的挫折，有些人因

而變得辛酸，有些人仍然和善，種籽是重要的、外界影響也重要，兩者如何配合調節、作何種變形，更是各有不同。那母親原是學校的風頭人物，但後來在生活中遭過許多不如意的事，如丈夫早死，家境拮据、生活無聊等，結果只活在空泛的幻想和回憶中，做人變得現實而尖酸，否定美好的事物。大女兒活在不良環境中，也變成仇恨的植物。只有小女兒遭受挫折，甚至被母親殺死了她心愛的兔子，最後仍然說：「我不仇恨這個世界！」這真是難得。對於大部份不良環境掙扎成長的香港青年，這電影看來更有意思。

（一九七七年六月）

雷諾亞的午餐

　　法國電影的風格豐富多樣，剛看過硬朗沉重的布烈遜，又看到雷諾亞輕快和煦的《草地上的午餐》。

　　這部《草地上的午餐》，拍得真像印象派的畫作一樣。那些樹叢，深淺的綠色間漏下光影，那些陽光和草地，游泳和野餐的人群，古老的樹幹，豐盈的裸體女子，在微風中輕輕擺動的髮一般的草，潺潺流過岩石的水流，拍出了自然之美，是大自然光影變動下的人間喜劇。

　　這故事的內容也跟自然有關。因為它的主角是一個發明人工受孕的科學家，他的一切，原都是站在與自然相反的地位。他是科學家，喜歡對事情發表理論，做事拘謹，講究儀式，他的發明更是改造自然的發明。他的未婚妻是一位童軍領袖，穿起制服，發號施令，似乎是那類沒有甚麼幽默感的女子。一開始科學家與未婚妻的相會，也是憑藉電視的冷媒介，沒有溫情。

　　然而這電影偏向這科學家開玩笑，讓他在一次草地的午餐中，愛上一個天真自然的農家女。這草地的午餐也包含了對比，人家自然坐在地上，游泳玩耍，科學家一群人卻穿起整齊衣服坐在椅子上，被一群記者包圍拍照，吃也吃得不舒服。電影中有一個奇妙的

牧人，像是牧神一樣，吹起笛來，呼來狂風，把一群人吹作滾地葫蘆，製造了機會，讓科學家認識了農家女。跟着下來，科學家愛上這自然活潑的少女，在山上露營過夜，圍着營火唱歌，後來更跟這少女回家，把原來那群人拋下了。

這電影是多年前的舊作了，但那種自然流暢又幽默的風格，卻仍是那麼吸引人；像一支牧歌，像一張美麗的印象派風景畫，在這個充滿電子音樂和圖案式冷硬繪畫的現代世界，是難得見到的聲音和顏色。

(一九七六年四月)

女侍日記

深夜二時看電視上的《女侍日記》。裏面有個上尉是怪人，不斷吃園子裏的花，吃了一種又一種。他自稱是個創新的人，因為，「最初吃蠔的人不也是叫人反對嗎？」他可不吃石頭，也不是吃人，就是吃花。

看呀看的，看得我也肚子餓起來，想找點甚麼來吃。吃了餅又吃乳酪。呀，是了，窗前不是還有一盆盆的花嗎？

雷諾亞的電影總是可愛的，有許多豐富的細節。他喜歡吃東西又喜歡健康的女孩子。(可記得《草地上的午餐》？)在《女侍日記》裏那大鬍子的男主人吃熱熱的燒餅又想喝蘋果酒。女侍捧一個蛋糕晃來晃去拍得趣味盎然，還有，當然，還有洗擦地板(短短的一場)也拍得好像跳舞一樣。

雷諾亞是溫和的(殺鵝的時候鏡頭自然移到窗外去了)，但這種溫和不是面面討好、沒有原則的唯唯諾諾，他的女主角會對不公平的事挺身而出，比男人還勇敢。他的電影裏有善也有惡。他的可愛不僅是個漂亮的姿勢，背後會有深一層的東西。

女侍愛上少爺的題材也許是舊瓶，酒卻不是雜牌的。安排在七月十四這個日子，另外加上了許多東西，但都是那麼自然地滲透出來。女侍與少爺的和諧結合，相對於男僕對貴族的謀財害命。這是一個婉轉的理想，帶着希望為歷史提供另一個可能。

也許，最好的部份，還不是那意念，而是那婉轉。

電影完了，天還沒有亮。是誰安排這奇異的放映時間，叫人看完這電視長片還以為不過是做了一個夢？

（一九七七年九月）

拘謹的與自然的

　　重看杜魯福的《柔膚》，朋友說不喜歡最後那場，太太拿一根長槍，把丈夫射殺，未免太恐怖了。

　　我喜歡這電影。我覺得裏面表現感情的時候，有兩種姿態：一種是拘謹的，一種是自然的，互相襯托。

　　當然，這男主角本身是一個拘謹的人。他在飛機上偷看妮歌，在電梯裏瞪着妮歌，都顯得不自然，而且都是在狹小的空間裏，有一種侷促的感覺。但因為妮歌的反應很自然，所以當她答應他的邀約以後，他開心得從這個房間走到那個房間，扭開了所有的燈，即使固定的房間也變得不侷促，陰暗的變得光亮，那種開心，也感染了我們。還有他們在酒館中談話，一談談到天亮，從小小的酒館，走到外面黎明的街道，再回到酒店的房間，都拍得舒暢自然，從容不迫。還有妮歌用火柴盒留下電話，也是一個輕盈漂亮的手勢，至於陪妮歌走一段路去上課，在機場巧遇妮歌，都是自然的，充滿戀愛的驚奇。還有一段是他們想去旅館，但客滿了，他開車送她回去，到了她門前，她不想他上去，等他要回去她又叫他上去。這一段心理的轉折，表現在動作上，他們走過來，轉過去，再轉回來，十分自然，仿如舞蹈一樣。這男主角是個拘謹

的人，他喜歡妮歌穿裙，妮歌不動聲色，偷偷地換過了。只有跟妮歌一起，才可以自然配合。他在鄉下小鎮演講，把事情都弄糟了，但在汽車旅舍中，卻可以有一個愉快的早晨，如妮歌把餐盒拿到門外，貓兒跑來舐食，多麼美麗。

這種感情上自然的姿勢，正如默契或共鳴，某一種輕盈靈活的感應，可遇而不可求，最叫人欣賞。正如有時一個人遇到某一個人，可以如魚得水；又或者兩個人即使相隔很遠，有時忽然可以相感，某一句話或一個姿勢，自然觸動對方，這是最難得的。

但男主角是個拘謹的人，他往往不懂得如何表示或接受這種愛。不是在電報上絮絮叨叨說我愛你——妮歌卻是真正出現在機場上，向他走過來——就是迫自己坐在酒館裏聽人瞎扯，把妮歌留在街上，只為了不懂怎樣做。

又因為他拘謹，所以緊張、焦躁、不安。自然的意思是能感受各種變化，流露出真切的反應；拘謹卻是從固定的觀點看事情，不能隨遇而安。自然是那潺潺的水流，拘謹卻是固定它的關閘。因為拘謹，所以他的看法多半是固定的，喜歡她穿裙(穿牛仔褲就不能接受了)，喜歡她擺出他心目中的姿態拍成的照片，要買一層樓跟她結婚把這關係固定下來。然而正是後者使她離開，正是照片造成悲劇。他彷彿要把水流固定，把飛翔的鳥兒握在掌中，把舞蹈的動作轉成呆照，這樣做，反而失去原有的自然。

男主角拘謹；妮歌卻是自然的，可以遷就、配

合、溫婉，帶出二人間美好的部份。男主角與他太太，卻兩個人都是那麼的「硬碰硬」。即使他回家的一場，兩人煩躁而爭吵、周圍是牆壁、桌椅、侷促的空間，背景裏海頓的《玩具交響樂》總像太響亮，太吵鬧了。男主角的辦公室(雜誌社)也不自然不舒適，中間放一塊鏡子好像是與女秘書互相監視。打電話還要關上門。

所以片中的兩種感情，一種是自然舒展，是美好而難得的，另一種卻是拘謹笨拙，發展下去成為劇烈的爭吵，固執地強要別人接受自己的一套，發展到極端則是傷害對方，執起一根槍把對方殺死。那槍枝和大樓，予人粗重的感覺，把細緻的感情殺死。我們每個人都憎厭殺戮，期望溝通，但真正自然的感應，得來不易，那種輕靈的美好可遇不可求，而往往輕易被毀，如柔美的肌膚。從道德的角度看好像很簡單，一是一，二是二。只有從感情的角度看，才可以了解得多點。因為自然感應是如此美好，拘謹和束縛如此呆滯。

（一九七七年一月）

阿普阿雷阿土

　　去看薩耶哲雷的《阿普的世界》，一開場看到那破舊的房間、凌亂的被褥；從窗口望出去外面積水的街道、街童的嬉戲；出外經過樓梯時看見的一個正在絞衣服的婦人，把水都濺到樓下去了。看着這些，覺得十分親切。香港也充滿了這樣的現實，不僅是徙置區的現實，還是一般中等家庭的現實，不管在號稱浪漫或寫實的電影中，似乎都不見有這麼切實的透視，往往不是掩飾了就是過份誇張了，不知為甚麼緣故。

　　《阿普的世界》是薩耶哲雷的阿普三部曲之三，寫一個印度青年阿普的成長。這三部曲和其餘三部阿雷的電影，都會在復活節的薩耶哲雷電影節放映。這回香港這個阿雷電影節，是由土佬電影會辦的。我們也可以說，拍片的阿雷和影片中的主角阿普都同樣是個土佬。

　　阿普讀書出來，不去設法鑽營找份優差，反而巴巴的要寫小說，靠私家補習維生，沒錢就拿書去賣，跟朋友在街道大談寫小說的方法，扯開歌喉大唱特唱，可說夠土了吧？至於做導演的阿雷，拍這些破陋的環境、平凡的人物，拍得樸實而又風趣，卻沒有加入暴力、色情或者玫瑰花，也不能說不土了。

　　可是這樣的土真是土得好。不是說一兩句土話的

那種鄉土小說，而是真真實實寫各種角色而始終保持一份從容、不去嘩眾取寵的土。

　　阿普喪妻後拋棄所寫的小說，到處流浪。結尾時是背起兒子走上入世的路。這段寫得簡略，作為一段成長的歷程，這影片的後半部如能表現得更具體更實在，這土就可以燒煉成更精的陶器了。

(一九七四年四月)

活地阿倫

　　活地阿倫的魅力，一部份在他的反知識的笑謔，一方面又正在他的知識趣味裏。他一方面諷刺人家大談費里尼把口沫濺到他頸子上，另一方面又大開佛洛伊德麥魯恆馬古斯的玩笑。他時而在圈內諷刺圈外，時而在圈外諷刺圈內；他時而把嚴肅的話題滑稽化，時而把滑稽的問題嚴肅化，他的吸引力就在這大大小小的矛盾中。

　　活地阿倫反典型的美國中產階級反得那麼自覺而至他本人成了典型。他是死硬的紐約派，去到加州就要生病了。他的自嘲到了某一個地步看來簡直像自我美化。他的人物何嘗不是忠奸分明：代替尊福的剝頭皮的印第安人，活地阿倫的壞人是讀書太多只懂引用名人說話而對性愛缺乏興趣的女子。

　　那些出版家派對、精神分析、乏味的清教徒父母，都是美國電影中爛得不能再爛的題材，問題是活地阿倫故意樂此不疲，他收集垃圾，而且總可以再想到一個新的笑話。代替了傳統的夕陽秋雨，他的浪漫是捉龍蝦與捉蜘蛛(所有生物都是愛情的撮合者)，而且也有一連串爛(爛熟就會壞掉了？)得不能再爛的回憶倒敘片段鏡頭。活地阿倫在垃圾那兒加一點抒情。他的電影就像他說的生活：平凡、老

套、我們有一百個理由挑剔，然後我們總又嫌它太短，怎麼這樣快就散場了。

　　活地阿倫自嘲到某一個地步變成自我美化。他的英雄是徹底反大隻佬與反美男子的現代反英雄。他絲毫沒有侵略性，不主動，是女子駕車送他回家及邀他上去喝一杯的。他害羞、緊張、對自己嫌惡、不肯定、沒有信心。他仍然同樣是把電影變成夢境，平凡人更易伸手可及的夢境。而且他總可以用一個笑話總結處境：「我不會參加一個連我也收作會員的俱樂部。」

（一九七八年六月）

差利

　　這個默片中的流浪漢，搖搖晃晃的，這麼脆弱卻始終沒有倒下來。他碰到這個，撞到那個，整個人像上了發條的玩偶、螺陀、充滿彈力的皮球，拍到地上，彈到牆上，濺起一片泥漿。他送錯鮮花，踢錯了屁股，錯誤地落在翹翹板的另一端，世界倒楣的一角。他自衛又反抗，通常笨拙得一塌糊塗，沒有陰險的計謀或憤慨的怨恨，至多不過朝世界不美麗的臉孔擲一個蛋糕，然後為自己的惡作劇捧腹大笑；朝玻璃擲一塊石頭，然後以修理匠的姿勢出現賺一塊錢。他的老實得不到好報，他的狡計通常不得逞，他總是被人追逐，被惡棍或警察、被這世界的不正義或正義所追逐，而他邁開八字腳，一趔一趔地奔走逃亡；有一次，他甚至被追逐得直離開了他的國家。

　　這個小人物和流浪漢，虛榮又老實、自卑又自大。但差利卻不僅如此。到了某個限度，當這些小人物無法安然生活，過他們簡單樸素的生活，差利也會諷刺機械化的現代文明、嘲弄一個把世界當氣球舞弄在股掌之上的獨裁者。他甚至從滑稽的默劇中正面發聲，在《大獨裁者》裏用言語說出他的希望。

　　差利不是他片中的小人物，他又是他片中的小人物。他一定經歷過，至少也觀察及了解到，一個

人平凡的虛榮和自卑、沉默的尷尬、動作的笨拙、對愛的渴望與退縮。看紀錄卓別靈生平片段的《流氓紳士》，我們發覺現實的辛酸提煉成了笑聲。他在現實生活被控，他的主角也給扯上法庭；他被人追討金錢，他的流浪漢也被人迫得走投無路。這裏有卓別靈的黠慧與苦笑，有嘲諷的憤慨亦有和善的幽默，但更多的是觀察與感情。他能向演員教導每一個動作，正因為他是帶着愛意深入觀察日常的動作的：一個少女的眼神、一個男子的沉默、與所愛的人的手的接觸、機械操作的疲倦、想吃糕餅的飢餓、人與人的敵意、小人物的覷覬、大人物的勢利……他是經歷而有所感觸、觀察而有所感受。現實中流產的嬰兒使他假想的嬰兒在電影中出生，現實的挫折使他在電影裏尋找人與人之間更大的善意。在現實中，他遇過那麼多誹謗和杯葛，他讓那既是他又不是他的小人物在銀幕上扮一個鬼臉，朝惡棍背後踢一腳，然後又扶正帽子，繼續走一段路。

（一九七八年一月）

如此演戲生涯

我是相信報應的。上一次批評過實驗電影，結果就慘遭報應。

有一個朋友，說要拍一部實驗電影，找不到人演，好像很慘的，結果就找到我身上來。聽說甚麼也不用做，只是行行企企，談談笑笑便算。我一時心軟，結果就答應了。

結果呢，到了那天，才發覺完全不是那麼一回事。導演說：你的襯衣不行，要換過另一件！我只好換過另一件。導演說：你去打羽毛球，我只好去打羽毛球，打得滿頭大汗，只見攝影師拿着攝影機，虎視眈眈的，也不知這算不算拍電影，拍得滿頭大汗。也不知怎的，才發覺這已經算是拍了一場。

然後導演說：走路！於是便走上走下！走上石級走下石級，橫走豎走，走得不死不活的，不知道人家已經拍完了。

過一會，好了，拍一場有劇情的。

導演說：要笑！這才發覺十分困難。笑不出來，不知道怎樣好。這才發覺：自己實在不是做演員的料子。可惜，後悔已經太遲了。

當攝影機器開始了拍攝那一刻是最寂寞的時刻。我們都那麼孤立無援，不知如何是好，好像那麼多人

瞪着你，而你整個人不知攔到那裏去。好像那麼多部份不受控制，不知該如何笑，如何不笑，更不用説有甚麼表情了。

結果是大家辛苦。導演變了雲吞麵導演，説要睡覺去了。我也又累又餓，又想睡覺。

唉，到了最後，導演還要説：「早知這樣，不如找阿牛仔演哩！」

早知這樣，我也不來演了。不過，這到底是一個經驗。以後也不會做這樣的事了。

（一九七五年十月）

燃不着的煙草

在設備簡陋的課室，看租回來的《彩虹仙子》。原先不知怎樣，看下去卻發覺有些地方意外地好。

我喜歡那些童話味道的部份。一個金盆，有三個願望。精靈粉一株樹、啞女用跳舞來回答問題、一個白人忽然變成黑人。那麼奇妙。在童話中，一切不可能的事情都可能了。

但我看看周圍，又有點擔心。人來得這麼少，有這麼多空椅子。是人們不喜歡這部電影？還是根本知道的人不多？是人們不喜歡這些訊息，還是這些訊息根本還未能傳到他們那兒去？不管怎樣，總有些地方是出了問題了。而即使來了，看見沒有片上中文字幕，又有機器的故障，簡陋的銀幕，這一切，要打了多少折扣？真正傳到心裏的，不知有多少？我不大聽見有人發笑。

然後，我聽見片中的女主角對她爸爸説起她的男朋友：「他呀，就像你一樣，也是個夢想家呀！整天在弄着那些燃不着的煙草。」這女主角的爸爸，到最後還要去找尋芬恩的彩虹，而她的男朋友，與人合作發明新的煙草，嘗試了一次又一次，不是燃不着，就是燃着了，卻沒有煙……

我不禁失笑了。這樣一次又一次的。

一卷膠片完了，又陷入換片的黑暗中。我環顧四週，仍然是那麼多的空椅子。已經不是第一回了。人們不來看這部免費的電影，是因為冷、因為忙碌、因為忘記了？還是根本不要看電影？

　　片中最後煙草燃燒起來了。但這是個童話，只有童話故事才會這樣順利獲得結果的。

(一九七六年一月)

傻大姐

　　一口氣看了麗莎明莉妮的兩部電影：《三月情花開》和《歌廳》。

　　她在這兩部電影的性格，都有幾分相似。都是一個爽直、善良、主動而不忸怩的女子。都是出自一個缺乏愛的家庭，一直想找尋她自少缺乏的愛。在《三月情花開》裏的她，不願回家，因為家裏沒有人在，她說謊說跟父親一起吃飯，其實並無其事。在《歌廳》裏，她說父親是大使，常常趕來看她，其實也是沒有這一回事；她約了父親，他沒有來，只是來電報吧了。

　　在家庭中沒有愛，往往在愛情中要抓得更緊。《三月情花開》的她，要愛便愛，比男孩子更爽快；《歌廳》的她，更帶幾分風塵味道。在兩部電影裏，她遇到的男孩子都較內向，《三月》的男孩子更嫩，兩部電影她都是懷了孩子，都是見對方猶豫害怕負責任，就自己去墮胎，兩人之間的愛情也默默告終了。

　　《歌廳》想說的題材較大，相對來說，在男女之情方面，《三月情花開》寫得更細緻更深入。她的感受、她的失望、她的無可奈何，都給人很深的感受。我特別記得一場：是她伸手去推木門圍成的圍牆，推不開任何一扇門，就這樣坐倒在黃葉堆中，躺下去算了。

《三月》片中的嬰兒，其實也沒有很詳細交代，或許根本是不存在的，只是他們之間愛情的象徵。起先以為有的在那裏，那麼實實在在的，後來卻沒有了。那男孩子也不是壞人，只是彼此那麼不適合，最後麗莎笑笑地點頭，後來又在車上迷惘地回顧，但也忍着辛酸。

演這個爽快善良而到頭來總可以咧開嘴笑笑的女子，麗莎明莉妮勝任愉快。她雖以《歌廳》獲獎，《三月情花開》裏的她卻更出色：雖然爽直，還有點柔和與猶豫，彷彿性格還未塑定，還像一個新鮮的三月，或是一個星期六的早晨。《歌廳》裏卻硬了許多，大有「老娘如何如何」的態度，雖然仍然能笑，但那傻裏傻氣的樣子已有一點定型，細緻的地方沒有了。到底是她演得不夠好，所以愛情故事沒有那麼感人；還是劇本中寫情的部份不夠深入，所以也令她演得沒有那麼好？

（一九七五年一月）

愛中的女人

有些演員，因為某部電影，叫我們留下深刻的印象。《雌雄大盜》的菲丹娜蕙，一舉成名；《電視台風雲》的菲丹娜蕙，奪得金像獎。但我特別記得《禿鷹七十二小時》的菲丹娜蕙，那部電影是個意外，導演在拍間諜片的時候，放肆地加入一點浪漫；這部電影中的菲丹娜蕙流露出不常見的另一面。

是當她早晨出來，穿着晨衣，帶着愛意走到羅拔烈福身旁，我們才發覺原來她是美麗的。有一點溫柔，有一點笨拙，有一點俏皮。原來的冷漠面具已溶化了。當她頑皮地說他過去的戀人：「她是自願還是像我一樣被擄的？」她就完全像一個戀愛中的女子。菲丹娜蕙，過去我們總是見她堅強和狂野的一面，我們知道她是《雌雄大盜》中的大盜邦尼，是《浴血黑虎山》中粗野如男人的女子，卻是一直沒見過，或者沒留意，這柔和的一面。

電影另一場，在逃的羅拔烈福跟她坐在車中，叫她協助偵查某人。然而，這戀愛中的女人，在下車之前，先翻上她漂亮的白色冷帽。真有意思的細節。我想，這導演在連場追蹤暗殺中，還念念不忘塑好這個角色，不協調地花許多菲林來襯托她的攝影和她的戀

愛，渲染她的舉止，這導演真是個浪漫的傢伙，或許他也愛上了菲丹娜蕙吧？

而當然，最重要的是，菲丹娜蕙一定是個懂得愛的演員吧。《大綁票》的甘蒂絲褒蔓也是演一個被擄去而跟擄她的人發生感情的女子，可是我們的甘蒂絲的堅硬卻是像臉上墊了鐵板，戀愛不戀愛也沒有甚麼變化，一副捍衛國土的勇士模樣。她不能像菲丹娜蕙那樣，演出那些起伏、那些堅強中的柔和、冷漠底下的愛意、常則中的意外。

（一九七六年四月）

時流上的造像

　　第一次看到杜芬妮西歷是在《去年在馬倫伯》，在那些冰冷的雕像和浮雕的牆之間，驟眼看去如一尊石像，其實卻是徬徨於丈夫和情人、過去和現在之間。彷彿有些甚麼在過去的時間中發生了，記憶糾纏着她，叫她徘徊不已，欲去還留。

　　跟着下來，《繆里愛》的她，是一個渴望回到過去，尋回過去的愛情的婦人。她活在古式的傢俬、厚重的回憶和逝去的歌聲的旁邊，但過去卻早已溜走，伸手也抓不回來了。

　　她總是像與時間有關。時間逝去，再見時她已老去一點，偶然憔悴一點，但卻同樣溫柔和敏感。她是《仙履奇緣》中的仙姑，像凡人那樣貪漂亮，愛鬧別扭，自得其樂地在人間施展女性的小小詭計，並非完美如石像的神仙。

　　《偷吻》的老闆娘，對於愛慕她的少年，寧願真實的人與人的接觸，不要被當作偶像崇拜的虛榮。她說自己也像無數平凡的女子那樣在鼻子上撲粉然後出門去。時間使人謙虛地接受平凡，時間使人放棄虛假的形象。

　　最近在《傀儡之家》又見到她。她是基絲汀，在悠長的時間中失去了丈夫和財富，但卻沒有變得辛

酸。對於娜拉恐懼的高士達，她以感情使他感化。她對人的一份信託和敬重，使對方在愛的歡愉中撤去舊的仇恨。她的樣貌看來經過那麼多事，但卻不憤慨也不油滑，而是更加從容。對人了解，所以無怨；對於暴烈，報以溫婉的笑容。

老去的杜芬妮西歷，溫柔的杜芬妮西歷。時間逝去，纏繞我們又改變我們。有人被時間擊敗，有人在時間中成熟。

（一九七五年八月）

獨舞的人

你喜歡看尊特拉華達跳舞嗎？我不喜歡。

你看他全套武裝，有條不紊，好像是準備上太空探險或者往戰場打仗。他極度清潔，頭髮一條條梳得整齊得不得了。他換了衣服不容沾污，甚至不願進食，圍上一條圍巾以隔絕於父母每日吵鬧飲食毆打的生活方式之外；這有血有肉的活劇，他不願沾個邊兒。他的舞蹈也是一種沒有接觸的舞蹈。他的舞蹈是個人表演，注重姿勢與花款，並不是溝通或交感。他的舞伴往往是崇拜者，是觀看他表演的人，並不是與他共同呼吸共同進退的人。他的舞伴往往是那種問「你的牀上功夫像你跳舞一般出色嗎？」的少女(老天！)，或者是貌寢而無限仰慕的女子，而他就好像施恩地與她共舞。他是自我中心、自我欣賞的。

我看《週末狂熱》發現不到狂熱。尊特拉華達式的舞蹈雖然似「狂」，卻是沒有甚麼熱情的。他以招式取勝，形式重於內容。一般年輕人週末到的士高去，是去癲狂、去投入、去浪漫或者去忘記自我。《週末狂熱》這個主角，卻是極端自覺的，他走下舞池，人潮立即分開，仿如摩西走進紅海。他極端自覺四週欣賞與艷羨的目光。他的舞不是與舞伴共舞，是個人的獨舞，是一種表演。他扭動與旋轉，是計算

過、排練過的，不是即興的感應，不會有突然而來的
熱情。他的頭髮由頭至尾沒有凌亂，永遠那麼光滑。
所以在表面的狂熱的幻象之下，他其實是冰冷、保
守、規矩的——所以到頭來選擇妥協作為目標。他的
舞儘管看來似有性的曲喻，總之無實際的性的感覺，
是意識上的影射而沒有實際的接觸。這個跳舞的人，
面對周圍的人，跳一種並無實際血肉接觸的舞。

(一九七八年六月)

清白者

　　這次電影節的電影中，最喜歡《清白者》。

　　這電影好像娓娓說一個故事。故事誰不會說？可是一個故事一旦說起來，自不免表現了說故事者的態度，他要賣弄的東西，或者他要硬編派上去的教訓。那樣的故事我們聽得多了。若要把一個故事說得清明，在轉折處層層揭出內裏的陰暗，發展出新的戲劇，自然地在沒有道德訓誨的地方探討新的道德，這可不容易。這電影卻正是這樣。

　　故事是一個很平凡的故事。丈夫愛上一個女子，妻子在孤獨中也愛上一個作家，並且與他發生關係。後來丈夫再度與妻子復合，但妻子已懷了作家的孩子，丈夫終於無法忍受，又妒又恨地把孩子殺死。

　　故事平凡，是處理的態度不平凡。如果迂腐一點的導演，會批判太太是出牆紅杏？新潮一點的，又或許借太太來闡釋婦女獨立的真理。要拍推理片，大概又是查出誰是殺嬰真兇了。但這片中，甚至最後丈夫自殺，也並不是因為畏罪。

　　這部電影一方面是超乎道德的。我們看下去，對太太會愈來愈同情。她即使懷了別人的孩子，我們的感覺是她仍是純潔的。(電影中只有她和作家兩人分別赤裸出現過，丈夫卻總有衣飾。)她仍有熱情，能愛

人，能愛孩子。相反的是丈夫，他後來一段時間，在表面的道德上好像沒錯，但他卻是那麼陰鬱和怨毒。他似乎要判太太的罪，其實他內裏的問題更嚴重。

這電影表面沒有說道德，其實又自有標準，深入一點看問題。這丈夫是一個無神論者，他認為無所謂天堂地獄，只有今生；他認為沒有更高的力量可以制裁他，凡事只有自己作主。對這樣的人，若果只以宗教或因果的觀點去批判他，顯然不合適。

這丈夫否定神的存在，他自視為他那狹小宇宙中的神。所以他要裁判他妻子，又奪去妻子與別人生的兒子的生命。他根本不相信來生或地獄，也無所咎慮了。我們說妻子是清白者，但另一方面，丈夫何嘗不也自視為一個「清白者」？

對這樣一個人，導演對他的批判即是現世的。他逐漸不能去愛，失去熱情，眼中充滿懷疑，整個人變得陰鬱。磨折他的，不是報應的地獄之火，而是現世的不安，心中的荒蕪。最後他也沒有愛，也沒有關心，也沒有強烈的要活下去的熱情，當生活開始只變成存在，他有自知之明，索性一槍結束自己的生命了。

看維斯康提這部電影，我彷彿看到一個老藝術家對現代人放任自私的想法，輕輕地搖頭嘆息，說他並不同意。但顯然他的可貴是並非重提一套舊道德作為解答：他穩重睿智，在混亂微妙的現世情勢中暗示新的準則，態度有一種成熟的風采。

這部電影是維斯康提的遺作，在裏面，我們看到

他對死的處理。電影中有三宗死亡。嬰孩是根本不能作主的，還沒有自己的思想和行動，受制於人，對生命不自覺，他是一個被犧牲者的死。丈夫是一個有思想的人，但是他的熱情乾涸，無能於愛，自私的生活只落得孤絕的下場，終於自覺地毀去了這無意義的行動。作家的死卻有不同，他像一個普通人，有愛的熱情也有創作，並不願意死去，卻給死神奪去了生命；但另一方面，丈夫的口頭詆譭不見得能損害他的創作，殺了兒子也不能殺去妻子對他的愛。

在這遺作裏，維斯康提對生命帶着一種懷戀的眼光。對愛與創造，又有一份相信死亡不能毀去的信心。

(一九七八年七月)

表　裏

父與子

那兒有一所小小的茶餐廳。有時我早上送稿回來，會走進去喝杯咖啡或奶茶，歇歇腳。在冷天裏，喝杯暖暖的東西是很舒服的。裏面總是坐滿了人：附近工廠的技工和女工，早一點會遇見母親帶着幾個上學的孩子，晚一點則滿是買菜的主婦。有時還有幾個孤獨的老人，默默坐在一角看報。

年紀大一點的，總是獃獃地坐着，看看報，有時呆呆看着前面，不知在想甚麼。小孩子剛好相反，吱吱喳喳説話，不斷問這問那。有時有些睡眼惺忪，好像剛給媽媽從被窩裏挖醒過來，但過一會，吃了點東西，就活潑過來了。

這一天早晨，我又看見一個小孩子，大概兩歲左右的樣子，還不大會説話，但他的眼睛卻很清很純，骨溜溜四邊看。他旁邊是個胖胖的漢子，大概是他爸爸。他爸爸正在看報，這天是星期六，每個人都在看賽馬消息，這爸爸也在看。他喚了份早餐和一杯阿華田，把早餐的通心粉放在孩子面前讓他吃，然後就自顧自看起報來。

這孩子吃了幾匙，就沒有興趣吃下去了。他忽然發起蠻勁來，用力把匙敲到盤裏，盤中的湯水濺起來，濺到他爸爸身上和報上。他看他一眼，放下了報

紙——在這一刻，我突然對這男子產生反感。我忽然想起那天有幾個主婦大談麻雀經時，因為孩子鬧事就把他打一頓的事。現在，看來這男子顯然也是想教訓他兒子一頓吧。因為自己的賭博，就不理會孩子，真是自私！我在心裏詛咒着，不料這男子放下報紙，摺起來放進口袋，他溫和地端走那碟通粉，把阿華田移到孩子面前，說：「讓爸爸餵你喝阿華田吧。」然後就一匙一匙細心餵孩子。看見他仔細用心的樣子，看見他望着兒子的笑容，我不禁為剛才的猜測慚愧了。

（一九七六年二月）

小孩與蚊

小孩站在燈下。一隻蛾飛進來，飛過面前；他仰起頭看，牠卻只顧飛往燈光那兒去。

過一會，牠兜了一個圈，再飛下來，繞着孩子身邊飛。有一次牠的翅膀甚至碰到孩子的手臂，孩子感覺到了，伸出兩隻又胖又短的拇指和食指，但牠卻早溜走了。

孩子剛學說話和走路，還沒有桌子那麼高。他仰起頭，看着桌旁的大人，要他們給一個解釋。

「蛾！」大人說：「蛾，蛾！」

孩子聽了，用心地跟着說：「呵！呵！」

大人說：「是蛾！」

當那頭蛾再飛下去，孩子來回搖動短短胖胖的雙臂，還不斷說：「呵！呵！」

但那蛾沒有理會他，再圍繞燈光轉了幾個圈，然後就向窗外飛出去。只留下孩子不解地站在那裏。

過了一會，有一隻蚊子從窗外飛進來，孩子起先看不見，等他看見了，就好像認出一個朋友那樣高興地說：「呵！呵！」

桌旁工作的大人回過頭來，看見了就說：「是蚊，不是蛾！」

但小孩並不明白這有甚麼分別，仍是「呵呵」地說着。

蚊子想飛近孩子白嫩的皮膚，他並不曉得避開，反而舉起手迎上去。但蚊子並不知道，牠被大人用掌擊過，以為孩子也來趕，心虛地飛開一點。孩子挪動笨笨的腳步，追過去。他追，蚊子更飛遠了。孩子摔倒在地上，沒有哭，又再站起來。蚊子飛近，見他舉起手，連忙又飛遠，最後也從窗子飛出去了。仍留下孩子站在燈下，望着窗外。

(一九七五年五月)

阿　以

阿以只有歲半，不懂甚麼是「我」、甚麼是「你」，也不懂説自己的名字，聽得多了，只揀自己名字中的第二個字來説。但他對自己叫甚麼也不清楚，只是糊塗地站在衣櫃的大鏡前面，瞪着自己笑，然後就傻乎乎地「阿以，阿以」大聲叫起來。

阿以在家裏又吵又頑皮，到了外面卻害羞起來。他在超級市場或公園裏跑來跑去，碰碰這，碰碰那，可開心了。但遇上陌生人，即使在家裏，也換了個樣子。他喜歡伸出手去摸別人的下巴，口裏説：「鬚鬚」，但對有些人，他從不敢伸手出去；另一些人，他又要猶豫才伸手。

他喜歡同齡的小孩，但要在親戚或朋友家才會遇到。他遇到他們的時候，總是熱情得過了份，有時瞪着人家，有時抱着，若在家就把一切玩具都搬出來，有時又樂極忘形地跑來跑去，跑得「上氣不接下氣」。

阿以跑起來笨笨的，沒有別的孩子那麼精靈。有時我們騙他，把東西收起來，但他瞪着那麼純澄的好像甚麼也相信的眼睛看着我們，結果還是不忍騙他了。

他的手那麼小，有時走過來，拍拍你。叫你覺得

他好像想説甚麼。有一次家裏沒有人，我負責把阿以送到外祖母家去。那天天色灰暗，在車上他不知怎的緊緊的抓着我的手，瞪着外面。外面的世界是一張巨大的鬍子的臉，他不知敢不敢伸出手去。

(一九七五年十一月)

燒鴨師傅

　　從郊外回來的路上，已經是黃昏的時間了，正說着到那裏去吃晚飯，朋友忽然說：「我帶你們去吃燒鴨吧。」再過一段路，他便把車子駛入一個路口。我們望出車外，只見路旁盡是廢木和石子。這麼荒涼的地方，那裏像是精美食肆的所在？

　　他帶我們來到一所簡陋的小鋪，這裏看來與郊外其他小鋪沒有甚麼分別，不同的是顧客比較多，木檯都擺到外面樹蔭下了。狗兒在逡巡，而脫了毛的鴨一大串掛在樹下，朋友正在說燒鴨師傅的事蹟：「人家見他生意好，叫他擴充業務，在旁邊開多一間，他就是不願意！外國又有人願出重金，請他去作廚師，他也拒絕了！」

　　我們抬起頭，可以看見他在店內切燒鴨和燒鵝，買外賣的人圍着等，耐心地看着那燒好的美食。他是一個看來平凡而沉默的中年男子，專心做他的工作。是甚麼使他放棄了發展的機會，自足地守住小小的鋪子？

　　朋友最先在馬灣附近釣魚，發現了這風味獨特的鋪子。

　　「有時我們人少，叫一隻燒鴨，他就搖頭，說：『半隻夠了！』他總像是不以多做生意為意。」朋友

繼續説下去：「這裏的燒鵝飯也是頂便宜的，有那麼一大碗。附近的工人都到這裏來吃飯。」

這兒招呼人客的是他的女兒，炒菜的是他的妻子；他就像在自己家裏，整理盆栽或是修理窗戶，把自己的工作做好。他過一會就走到後面的烤爐旁，掀開蓋，把掛着的燒鴨轉過身，又留意那火候。他那麼熟練，好像對他的手藝充滿信心。一爐鴨燒好了，他又把掛着的另一串生鴨放進爐裏，他做得那麼仔細、緩慢而且認真，叫我們覺得，他自有興趣在其中。新鮮燒好的鴨子立即切開，分送到許多張檯上。來慣的熟客，遠道聞名而來的稀客，舉起筷子，同聲讚美。當我們看到那鮮明的顏色、嚐到那些美味，更覺得他有他的意思了。

(一九七六年四月)

餅店老闆

　　那一回，上不成課，大家說去喝茶，一位朋友說：「你們去過那間餅店嗎？」便帶我們去了。

　　那時我們剛看過一篇不知是誰寫的短文，知道有這麼一個地方，充滿舊式的樸實作風，還有一個快樂的老闆。我們都沒去過。那兒看來就像一片平凡的地痞茶室，不是豪華的大餐廳。大餐廳的奶茶，盛在美麗的鐵壺裏，像我一位朋友說的，只是「染色茶」。大排檔和小茶室的奶茶，反而美味。而這兒，稱作餅店，因為它有自製的葡萄牙餅食，在近街的櫥窗裏，顧客自己出去選了，盛在碟子裏拿回來。有黃豆糕、椰汁糕、咖喱角，有許多黃黃白白說不出名字的小餅，味道是好的，價錢卻很廉宜。

　　因為別人提到快樂的老闆，我便特別留意一下了。我看見他站在那兒，普普通通的，沒有甚麼特別。但我立刻警告自己，不要妄下結論。人家十年觀察結果，我們往往會喜歡憑一眼否定，表示失望或大喊貨不對辦，一個人總是那麼容易挑剔，隨時搖頭說不過如此。我們且不要這樣吧。

　　後來我又去了幾次，經過尖沙咀，到處都是繁華的景象，好像沒有可以停下來歇腳的地方。在遊客區，那條街正在修路，太陽下煙霧蓬蓬湧起，一連幾

間一式的鞋店，門前堆滿了鞋。樓梯口那間，一個外國女人正在試靴子。走過幾幢樓，彷彿是另一世界，像是古老日子遺留下來的痕跡，這舊式的餅店。

我還沒有看到那老闆很快樂的樣子。但別人告訴我以前這餅店的事，老闆的樣子很和藹，夥計與顧客之間很自然，沒有甚麼緊張。顧客總是很多，奶茶很美味，餅食豐富；在逐漸變成一律化的店鋪中，它保持了自己的特色，愉快而自足地生活下去。因為朋友的帶領，我們又認識多一個地方，然後我們又再告訴別人：多去幾次，仔細觀察，逐漸就會發現那老闆真是快樂的。

（一九七七年五月）

滿口袋都是紙條的人

可惜我沒有他的照片，不然即使從隆然的口袋中你也可以看出裏面其實塞滿了紙條，那些寫在零星的廢紙上的備忘，那些急促地記下又立即塞進口袋的幾行字。在平時，正在做一件事情的時候，他會心不在焉地記下一些甚麼，好提醒自己過一會去做另一件事。他的口袋裏充滿了計劃和夢想，結果卻未必兌現，或是像一團廢紙那樣揉皺了，或是在掏別的東西時掉到地上了。

一個做事井井有條的人把一切記在桌上的備忘錄上，一個善忘的人乾脆把一切拋到九宵雲外；滿口袋都是紙條的人卻是介乎兩者之間。是那種本性散漫、而又不忍不負起責任、喜歡自由自在的生活、而又不得不工作的人。

這樣的人，是那種做事沒有計劃、說了一次又一次要改而結果卻總改不了的人；是那種到最後一分鐘趕起工作的人；是那種盡力去做、結果還不免常常把事情弄糟的人；是那種在工作時吹口哨、開業務會議時忍不住在文件上畫上花朵的人；是那種握有權力而唯恐擺架子、不知該怎樣指派人做事而結果寧願自己去做的人；是那種每天中午走到街上不曉得到哪裏去吃午飯的人。只用紙條匆忙記下要做的事，是因為不甘心

任瑣碎的東西整天霸佔腦袋，而卻又不願放棄一切不管，是一種成熟與不成熟之間的矛盾態度。

瀟灑的人可以甚麼也不做，弄權的人以擺佈人事為樂；這樣的人卻總像是不得不地做着事。於是世故的人嫌他不夠世故，瀟灑的人則又嫌他太世故了。他其實懂得世故，但卻不願做；或者有時願做，卻又不懂怎樣。於是就只是笨拙地趕着記下一兩點計劃，在前面打下星號，到真正做起事來，卻又耽於風景，或是與人閒扯半天，反把正事都忘了。他在舟車勞頓中偷空記下幾行美麗的句子，過後卻翻遍衣袋不曉得放到哪裏去。

這樣的人常常找東西，或是賭誓要改變散漫的生活。他的抽屜裏盡是寫了一半的覆信、遺忘了的稅單、開了頭的小說，更多的是零零星星寫滿計劃的字條，他是一個有眼光的空想家，那些計劃都是精彩的計劃，但因為遺忘或是因為疲倦，到頭來都只是寫在紙條上而已。

（一九七五年五月）

逝　者

坐在過海小巴上，夜深了，車子停在那裏，等最後一位客人。我身旁坐着一個黑衣老婦人，頭沉沉垂下來，好像十分渴睡了。

車子還未開。我從書包裏翻出借來的克瑞利的新書。嫩黃色書本封面有深紅和藍色的圖案。內頁的插畫，像是影印的照片，看來有點朦朧。

所有那些圍繞在四週的動作
既看不見也
感覺不到，而是不斷地
不斷地聽見。

我望出去外面黑沉沉的世界。這時車子已經開行了。那些看不見也感覺不到，然而卻是不斷地、不斷地叫我們聽見的，是甚麼呢？車子轉上天橋，駛近隧道。在晃着燈光的車廂外面的無窮的黑暗中，充塞着一些怎樣的動作呢？沒多久，車子就駛入隧道，進入一片彷彿涼沁沁的灰綠色之中。

過了隧道沒多久，身旁的老婦人就彷彿從沉睡中醒來，喚了一個模糊的街名飄然消失了。沒隔多遠，上來一個年輕女孩子，穿着淺色衣服。

她向我打個招呼，我立即認得，那是以前教那所學校的學生。剛畢業的時候，我在郊外一所英文書院教過一年，教的是西史，全校的西史，由中一至中五的，都包辦上了。

　　她笑着說起學校裏的事情。我離開那兒已有五年，她畢業也有三年吧，現在也到這城市來，並且開始工作了。她說着學校的改變、人事的轉動，然後她忽然說：「你曉得麼？辛先生過世了。」

　　甚麼？我不太相信自己的耳朵。

　　「我不知道。」我說，「他這麼年輕……」

　　她只是笑笑，點點頭，好像那是許久以前的事。

　　「他跟一位學生結了婚，你知道嗎？」

　　我是聽說了。

　　這逝去的消息給了我很奇怪的感覺。並不是我跟辛先生有甚麼很深的關係。坦白說。並沒有。而是他一向給我的印象是十分年青，即使比我大一點，恐怕還未到三十吧。這樣年輕，叫我從來沒有把他跟死亡連在一起想過。

　　「是病死的。」學生悄悄地說。

　　我沒追問是甚麼病。我對那徵候並不想深究；相反，一種無常的感覺像漣漪那樣擴散開來。尤其奇怪的是，這感覺是由一個我平素沒有很深感情的人那兒傳來的。我只記得，有時早上我們一起乘車從九龍到郊區的學校，在車上也會彼此扯談。只是，那是我出來做事的第一年，對於他那樣聰明而實際的人，沒有太多好感。他教的是理科，學校裏握權的是校監和

校長，我那時對於有權勢的人帶着一種近乎偏見的厭惡，看見他嘻嘻哈哈地混得頗有辦法，對他的實際能力頗有一點懷疑。其實他也沒有甚麼，也不過是像我們常見的一些香港人，唸書的時候有辦法找到考試貼士，懂得門路申請不同的獎金，容易搏到上司的好感，貪一點便宜，懂得取巧，又會説一兩句討好的話的那種人……

但到頭來，這又如何呢？

過去的事情也記不清楚了，只記得後來他們理科的圈子有了是非，有一位先生被辭退，而辛先生留下來，而且臉上的神情益發得意了。當學期告終，我們沒有留下，只有辛先生留下，而且聽説升了主任。他在學校附近住下，就像其他年紀比較大的主任一樣。過了一年，就聽説他跟班上私下補習的學生結了婚。

現在想起來，與他同事時的惡感都遠了，隔着這麼一段距離去看，只有一個感覺：這麼一切刻意的經營到頭來又如何呢？在某方面來說，他是個努力而聰明的人，但也彷彿只不過使他早一點活遍了一般人一生的經歷，然後就過去了。

在車上，更年輕的學生説起過去學校的事和現在的工作。她過去在學校是出色的學生，聰明而有點驕傲，被一些教師認為是有才華但過於外露的；現在她也到城市來，在一間普通的書店做起事來，她將來會怎樣？我也不知道。

而我呢？我也不知道了。我已不再在學校裏教歷史。過去的人和事，已經成為歷史陳跡，如果我留在

原地，不見得更好，像現在，也未必更好。愚蠢和聰明，無心或刻意，到頭來也不過是那大的徒勞。

學生不知甚麼時候已下車了，車上疏落的只有兩三個乘客，這是深夜，但小巴司機扭開了無線電，鬧哄哄的時代曲歌唱着愛情，汽車突然駛入街燈明亮的一區，我懶洋洋坐着，依戀着這車內平凡的明亮和聲音，不想在黑暗的地方下車。

(一九七六年六月)

墳　場

一　孩子與墳

　　孩子要看棺材車。一輛黑車在路那邊經過，孩子高興得大嚷：「又一輛棺材車！」大人告訴他這不是甚麼值得高興的事，他並不同意。過一會，經過山頭新的墳地，幾個仵工在地上挖出深坑，一副油亮的棕色棺木擱在地上，孩子興奮得瞪着眼。圍攏在棺木旁有一群人，有人蹲在地上默默吸煙，有個人拿把黑傘，支撐自己身體，有個老人坐在地上，閉上眼睛，彷彿在那裏打盹。後面沿山路上去，站了十來個披麻戴孝的年輕人。孩子從他們當中走過去，黑色的頭顱敏捷地穿過寬大白色的衣袍，手臂揮轉動，又在淺棕色的麻衣後消失了影蹤。山路狹窄，站了兩個人已經夠擠，地上隱約露出褐色的泥階，孩子手中的樹枝往地上一戳，又從兩襲白衣間狹窄的缺口穿過去。

　　到了高山上，孩子說：「又說在高山上可以拾到很多樹枝，那裏有很多樹枝呀？」

　　大人們看着那邊新開的山地，一大片褐紅色的鮮土，豎着一塊一塊墓碑。大人們說：「這兒去年還沒有的，一年就多了這麼多墳墓。」

　　孩子問：「甚麼叫墳墓？」又說：「你們說這上面有很多樹枝拾，哪裏有呀？」

孩子問這問那：「你們為甚麼向那人問路？」他問一切古怪的問題：「甚麼是死？」「甚麼是屍體？」望着由他站立的地方直排到山上的一列一列墓碑，他仰起頭，好像一直望到遠處，望到白雲那兒去，他問：「這世界有沒有神仙的？」

有一次，他問：「爺爺是不是自殺的？」大人連忙阻止他胡說。但他依舊跑前兩步，亂舞手中的樹枝，向空中比劃幾下。他的世界是沒有禁忌的。

大人們在那兒找尋親人的墳墓，孩子卻蹲在地上拾新的樹枝。

「不要，這些骯髒！」大人說。

「這是長劍呀！」孩子舉着一枝長長的樹枝，那是連着葉子折斷掉到地上的一截。大人們叫他把它丟掉，就拿着原來那截短樹枝好了，孩子老大不情願地放下。

在墓前，插了香燭，把燒鵝和燒豬肉拿出來，斟了酒，開始要燒元寶了。

「我要喝汽水！」

「等一會，先等爺爺吃過了。」

「他哪裏會吃呀！」孩子在那兒鬧別扭。他坐在一張報紙上，外面的衣服都脫去了。走路的關係，現在臉孔紅紅的，頭髮都豎起來。

酒澆到元寶上，發出滋滋的聲音。

「我要喝汽水。」

「你來拜拜爺爺。」

「是不是拜了就可以喝汽水？」

他拿了紅色的汽水罐子，心滿意足地坐回報紙上。地上的草戳癢了他，他又笨拙地挪挪身體，換一個位置。

現在他開始注意周圍的事物了。

「為甚麼有人把花插在那裏？」

「你們説墳墓是死人的屋子，為甚麼有人坐在那裏？會不會壓着下面的人？」

為甚麼？為甚麼？蟬的叫聲，鳥的啁啾。一聲又一聲，完了，又接下去。

「我累了！」走下山的時候，孩子鄭重地宣佈。

「你看，全山的孩子，沒有要人抱的。」

「你們又説山上有很多樹枝可以拾，你們騙人。」

「你手上這枝不是很好嗎？」

「你們騙人。」

又一輛車駛到路口，車頂上白色和黃色的花綴成一個牌子。仵工抬着棺材走下車來。後面那輛車上，走下一隊披麻戴孝的人。他們的神色沮喪。孩子卻是沒有悲哀的，他一下子又興奮過來：「我要看棺材！」

二　墳場的老人

他説每句話之前都説「唔」，好像是一個溫和的同意。他笑嘻嘻的，一手拿鋤頭，一手拿個竹籃。人家問他鬆碑多少錢，他説四塊錢。

「三塊錢就可以了。」

「唔。三塊錢便三塊錢好了。」

他把鋤頭當拐杖，每走一步就把它按在地上，一級一級走上去。

他用毛筆蘸了紅色的墨，照着碑上的字跡填。碑上去年的字跡仍新。說他填少了一點，他說：「唔。是不識字的囉。」

他在那兒加上一點，說：「我只讀過一年書。以前的學校，三塊錢一個月。我阿媽替人打工，每天只有三毛錢。」

他看石碑上的字，說：「這個鑿碑的人，看來也跟我差不多，大概也是不識字的！」他用手指指碑上那字。「這兒都沒有點。」

「你識字的嘛！」

「唔。不是說過：只唸過一年書。」他唸出碑上的年份：「哦，一九七五年重修。」

他的竹籃裏放着一罐啤酒，又有一瓶米酒。

「這麼多酒？」

「人家送的嘛，人家來拜山。不喝酒，便送給我了。」

老伯盡挑好話說：「你們這裏真好，這墳墓起得不錯，你們真有辦法。唔，不錯。」

只是一座普通的墳墓，他卻連墳墓也要讚。「風水好，這裏風水好。」

他又說：「將來有錢的時候，連山邊也鋪上水泥，那就夠氣派了。從這邊到那邊……水泥從山下運上來，連上人工……大概一百元左右就可以了。」

灰白的石碑上，又一次塗上飽滿的紅漆。筆在碑石上停留。老人家嘻嘻笑：「看來這鑿碑的人也比我好不了多少，他一定也不識字的！」手指，又掠過字旁漏去那一點的空位。

遠處傳來零落的爆竹的聲音。偶然，在遠遠的山頭，冒起一陣白煙。

鋤頭落在蕪亂的草叢上，「好，這裏好。唔，對出去多夠闊大！」客套的讚美。彷彿這墳墓是新的寓所。唔，不錯，風景很好，客廳夠大。廚房？廚房也夠光亮呀。

「不，這些是好的草，不用鋤！鋤了上邊這些就夠了！」指指點點。分辨出好草壞草。把東西放回籃中。啤酒，米酒。籃裏放這麼多東西。「是山下那些人，他們來拜山，買了酒，卻是不喝酒的。」

一個少年拿着塊紅紙跑過來。「財神！」也不問要不要，就放在墓碑頂。

「好呀，財神也有了！」收拾好了，還站在那兒。「唔，好，這兒好，風水好。」

接過了錢。「三塊錢？再多給一塊吧？」

「不是說好了三塊錢？」

「多給一塊吧。過了清明，就沒有生意了，想多賺也不行呀。」

「你有別的工作吧？」

「沒有。退休了。你以為我今年多少？六十七了！沒有，沒有做別的工。」

「……」

「我的兒子打政府工。每月有千多塊錢，可是，拿回來的不多呀。我的兒子都打政府工，打政府工是很好的，可是拿回來的不多……多謝呀！過了清明，就沒有生意了。重陽的生意沒那麼好，只有清明前後的幾天……」

(一九七八年四月)

新年前後

一 走廊裏的老婦人

走廊裏，這一家人門前，擺着幾張沙發，其中一張上面，坐着一個白髮的老婦人。

這家人的大門敞開，任誰走過都會看看。是年底打蠟吧，幾個人正在裏面勤快地操作，把沙發和小几，都推到門外來。老婦人坐在門外這沙發上，安靜地看着工作。

走過的人都不覺得奇怪。這幾天，這邊的牆髹上新漆，那邊的人家又貼地板。濃濃的煙冒出來，還有人走去張望。這幾戶人家，都在掃除。買來新的佈置，又把陳舊的東西扔掉。

從敞開的門看進去，可以看見西洋的風景圖畫；在角落那兒，留心的話，可以看到紅色的神龕。新買的水仙正攔過一旁，有些椅子覆倒疊在那邊，另一面是堆模糊的物質，看不清是甚麼。

屋裏面幾個年輕工人正在起勁工作。他們也許已經忙了好幾天。到年底，打蠟的生意就特別好。於是就早上趕一處、中午趕一處、下午又趕一處。每一處的工作都是大同小異的，都是把阻礙着的桌椅推開一旁，然後，蹲下來，為陳舊暗啞的地板上蠟，過一會又為它再擦新。

角落裏的灰塵掃去了，破爛的東西扔掉了，又有新買的花，過後就安放在當眼的位置上。

這老婦人安靜地坐在走廊的沙發上，看着他們工作。她懷裏抱着一頭白色的狗。有時她微笑一下。他們都沒有作聲。她一定是比屋裏的人都度過更多的年，曾經掃去更多的灰塵，也買過更多的花。她記得在那裏貼上紅紙、點上線香，在油鍋裏炸一些油器。她一定認得那滋滋的聲音，她會記得更多的聲音和更多的顏色，在某些日子裏，年好像更紛亂一點，又好像更豐富一點。

而現在，她只是安靜地坐在沙發上看着，在這靜靜的下午，在這靜靜的走廊中。

二　祭桌旁的小孩

這客廳窗前，放着一張桌，上面的香爐插了蠟燭和線香，燭火的舌頭向上翻捲，在線香的頂端，灰藍色的煙像絲那樣纙出來，裊裊升上去。碟子裏放着拜祭的肥雞和豬肉，煎堆圓滾滾實朵朵地堆在旁邊，另一碟桔子一大串地連枝帶葉。一個小孩走近去攀着桌的邊緣，看過了閃爍的燭火，又去挑煎堆上的芝麻。

大人趕他回去玩，於是他又回去玩自己的積木。玩厭了就一個人伏在小几上，扮一隻睡覺的鳥。

他今天有一種反叛的情緒，所以當大人們說：

「今天真冷。」

他就說：「今天不冷！」

但是大人們只是說：「你懂甚麼！」然後又繼

續他們的談話，説到爆竹和對聯，説到除夕孩子們拿來的「財神」上的字寫得多糟糕。孩子並不曉得爆竹是甚麼，也不曉得財神是甚麼。只好在人家肯定的句子上，加上一個否定的「不」。他砌了「鐵甲萬能俠」，又砌「三一萬能俠」。最後還是回到桌旁，碰這碰那的惹人注意。

他把肥雞旁的茨菇咬了兩個窟窿，大人才發覺了，他笑得鼻子和眼睛擠在一起。人家把他趕過一旁，把一個鐵盆放在一疊舊報紙上，往盆裏燒元寶和冥錢。他不敢走近那火花，嘴角卻還帶着剛才那頑皮的笑。

燃燒的最後化為灰燼，一盆黑色的碎屑。大人用一支竹筷子翻起紙灰，看可還有未燒透的沒有。大人才放下筷子擱在盆邊，孩子就撿起來，伸到盆裏亂搗，他把灰黑的紙灰，撥到那灰銀色凹凸不平的舊盆外面去。

大人連忙搶走了灰盆，孩子卻騎到那疊舊報紙上面去。

他説：「騎三輪車！騎三輪車！」又開始了他的玩意。

三　快餐店前兩青年

快餐店裏面人頭湧湧的，擠迫得不得了。兩個藍衣青年站到門外來。前面的橫街是小巴經過的地方，有不少人在那裏攔車。他們兩人站在人叢中，手裏各拿一個白色膠杯，邊喝邊説話。地面是昨夜年宵市場

人們經過留下的廢紙。這爿快餐店的紙袋扔了滿地，白色的紙張上一個橙紅色線條繪成的人像，像小丑又像廚師，撕得支離破碎，拼不成一個完整的樣子。

「……阿叔叫我一定要回去吃團年飯，真煩，吃了飯他們又去行年宵，我連忙走出來。過年真沒意思。結果去彼德家裏，搓通宵麻將。」

另一個人笑道：「我想吃團年飯還沒有呢。一個人，跑到餐室吃碟飯就算了。」

「那你結果怎樣？」

「回去，鑽上牀，蒙頭睡到年初一。」

「我寧願學你。那就不用新年頭就輸了幾百元。」

「你這樣迷信！」

「不迷信就假。財運的事，很難說的！」

「還是你好，一家人團聚，你阿叔對你又好。」

「有甚麼好，嚕嚕嘛嘛的。他上次說我一句，我現在還沒跟他說話。我阿媽又迷信，一天到晚拜神……」

「其實過不過年倒沒所謂，好在有假放……」

「放假也是這樣，打幾天麻將，又返工了。」

然後他們說到那裏去玩玩吧。一個說上山頂，另一個說太冷了。一個說去海洋公園吧，另一個肯定地說：「還不是跟維多利亞公園差不多！」他們想了幾個地方，都一定會擠迫的。看戲買不到票子，喝茶又一定沒有座位。

最後，其中一個說：「還是在銅鑼灣走走吧，新年嘛，走個圈，行大運。」

他們並沒有走，還是站在原地。

「今年的利是，唉，阿姨只有兩元，真是豈有此理。」

「阿姨？你去拜年了？」

「不是，大姊拿回來的。我不去拜年，利是卻是要的。柴灣那麼遠！我說：年就不去拜，利是卻一定要。哈哈！」

他順手把剛喝完的膠杯捏成一團，擠進旁邊的垃圾桶。垃圾桶已經擠得滿滿的，這裏那裏突出一個紙盒的硬角、一絲褪色的紙屑。他想了想，又從口袋裏把紅色的利是封拆出來，搓成一團，扔進垃圾桶，有零星的紅色紙屑，掉到地面，混進原來滿地紙屑中。

「阿叔他們就是喜歡拜年，拖男帶女的，真是麻煩。我自己玩玩不是更好。」

「我倒是想拜年也沒法，親人都不在了。」

「喂，我們到哪裏玩玩？」

「去淺水灣吧？」

「好是好，但車這麼擠迫，又要排隊的。去玩是好的，擠車卻不想了！哈！」

他們仍然站在那裏。前面，一輛小巴停下來，一個母親照顧三個女兒上車去。

「還是露絲她們好，到澳門放爆竹去了。」他又說。

「大嶼山也可以放爆竹呀！不要說，澳門也有澳門的擠。」

「不同的，有錢就不同，像我老闆，乘飛機像乘

小巴一樣，新年就到東南亞一帶度假，真懂享受。有錢就甚麼都不同了！」

「有錢是不同的。」另一個點頭同意。

「你說有甚麼方法，最容易賺到最多的錢……」他們彷彿真的正在想一個方法出來。

在背後，快餐店裏川流不息，進去一群人，又湧出來一群人。白色的膠杯喝光就扔進垃圾桶，紙屑掉了一地。

四　茶室的老闆娘

狹窄的茶室裏，近門櫃圍那兒，坐着個中年婦人。她不但收銀，還張羅店中的事，看來是老闆娘吧。她坐在一張高凳上，好像高高在上的樣子。

她正跟旁邊卡位上的一個婦人搭訕：「過一個年就劏了五隻雞，年卅晚吃兩隻，初一一隻，初二開年又兩隻，吃幾天都吃不完！」

那婦人說：「八九元一斤，貴了。」

「我倒不怕貴，只要好。我每年都幫襯後巷的雞婆，她的雞是最好的了。」

「不是吧？街市那邊的農場雞，肥得多了。」

「我許久沒去街市那邊。我不去那邊。」老闆娘說：「賣雞婆的雞，是這一區最好的！」

「不過，」另一個婦人軟下來，不再爭辯：「現在的小孩子，都不喜歡吃雞了。」

「現在過年不像過年。今天呀，以前那個舊夥計阿成居然打電話來拜年就算了。以前那有這樣沒禮貌

的？以前我們拜年，不是又買水果又買糖的，拿了滿手去的嗎？」

「哪個舊夥計阿成？斯斯文文的那個？」

「他走的時候，大家好言好語的。我說你另有高就，我當然不留你。他的老闆我也認識，我打電話去說：這人對人客粗聲粗氣的，你得留心。他果然做不長久，現在在街市做，有甚麼好？」

「對，好像是有點粗聲粗氣的。他現在做甚麼？」

「賣雞鴨的，他的老闆娘我也認識，我打電話去……」

「現在的人打電話拜年，大概是省錢吧。」

「還是舊親戚有人情味。還有賣雞婆，你不要小看她，來拜年給孩子們的利是倒真慷慨！」老闆娘感慨地說。在這狹窄的茶室外面，安詳的白髮老婦、剛在快餐店出來的年輕人、頑皮的小孩，自顧自走過去了。他們各以自己的方式，度過這新年。

（一九七七年二月）

浪漫和世故的混合

　　前一個晚上，當朋友打電話告訴我她來了，約第二個晚上一起吃飯，我原先提不起勁，甚至想託辭不去了。我想：她年紀那麼輕，就寫小說成名，大概又是一個所謂才女吧。而我對人們高捧的才女，實在是厭倦透了。我不幸遇見幾個，都是既沒有作品，又態度囂張，好像全世界都不放在眼內的那種人。我不是一個沒有耐性的人，不過有時寧願把耐性留給更有意義的事情就是了。

　　第二天去到，我才曉得自己的預想不對。她看來比想像中年長，而當大家交談起來，我們發覺她對讀書和寫作都很認真，是實實在在把這當一回事，並非虛浮和炫耀的那種人。她一方面說到深夜在墳場喝酒的浪漫事跡，一方面談到自己做的作家訪問：「既然沒有人好好地做，我便去做了。」儘管有人勸她不要做這些無相干的事，專心寫小說，她覺得有意義便做了。我們幾個人，也同是既不脫浪漫本色，但另一方面也討厭甚麼也不做的空談的人，所以跟她談起來，都很投契了。

　　後來我們到一個朋友家喝酒，她爽快地一塊兒去。大家輪流唱歌的時候，她唱了一支台灣的民謠和一支美國民歌。唱前一支歌時，她專注的臉孔和寬闊

的前額看來像一個樸素的鄉下婦女；唱外國民歌的時候，笑起來，則像一個女學生。她的臉孔瞬息變化，既對事物敏感又尖銳地觀察他人。她一方面跟人容易相處，可以談日常的事物，有一次卻又浪漫地引用鄭愁予的詩句。

這使我想到她的小說，一方面是早期那些幻想性和近期備受攻擊的以性愛為主題的小說；另一方面，則是一些樸素的以故鄉為題材的故事。既是不羈的，又是穩定的；既有大膽的個人抒發，也有世故的觀察別人，這兩種不同的質素，在她的兩種小說中，也在她變化的臉孔中。

翌日她便要回去，那晚深夜我們還在麵攤宵夜。她給我們逐一看掌。麵早已吃完，大家還是不願散去。我們這一夥人，生活的不順遂、工作的刻板和所見的聚散，好像使我們知道許多，我們對甘美的片段時光，戀戀地總捨不得放手，正如一位朋友說：「好像每一次見面都是過節一樣。」不知怎的，我們自然地視她為同類，是像我們一樣──有些事情知道而有些事情又寧願不去知道的人。

那一晚，在麵攤上，她看掌時對幾個女孩子和男孩子都說了些關懷的好意的說話，在這方面，她是世故的；但她跟一群陌生人一起「瘋」，談笑直至深夜，則是本性中隨意自然的質素了。在這些事情上，我們看到她的小說的兩面。

(一九七五年四月)

浪漫和世故的混合　　**203**

辦娛樂刊物的朋友

當我回想我的朋友W君的時候，我總是記得他在那狹小的印刷房一角一張桌前，在隆隆的機器聲中，在滿桌雜亂的雜誌和文稿中翻東西，或者是默默抽着煙的樣子。我不知道他怎樣了，希望他已經找到較好的工作。

他是早年偷渡來港的，多少還帶着鄉下人樸實和捱得住苦的質素，也始終沒法適應香港這地方——即使在他自己也以為可以適應的時候，其實還是不行。他說過一個故事：初來香港不久，有一次走進茶室喝茶，冒充內行地指着餐牌上的「咖啡或茶」說：「要一杯或茶！」他果然被人發覺是外行。就這樣，他一次又一次地被人發覺是外行，是不適應這個古怪的社會、這個習慣把模稜兩可的連接詞放在具體食物的名詞前的地方。正如他碰了許多次壁，然後才曉得這裏的「女子理髮室」並不是理髮室，而「音樂廳」也不是音樂廳一樣。

他去學店教書，種種看不過眼的事使他辭職，他對校長說：「我這半個月的薪水不要了，捐給那幾個家貧欠了學費沒法交的學生吧。」結果校長把他狠狠罵了一頓：「這樣的事開了先例，我們以後怎收學費？」

他在一些娛樂週刊工作過，後來離開了。他也在地盤做過建築工人。他進一間報館工作，在報館裏，做的事情最多，但一旦裁員的時候，有關係的冗員都留下來，他這種沒有人事關係的人卻給裁掉了。

　　他一直想搞一份正派的娛樂刊物，聽說籌備了又流產了，因為資金的問題。後來有一天，我在路上碰見他，又聽見他說起新刊物的計劃。那是一個雨天，我正站在簷下，等雨勢稍歇才過馬路，剛好碰見他從旁邊走過來。我們就站在簷下說話。外面是滂沱大雨，偶然一輛汽車疾馳而過，不負責任地濺起一地污水，迫得我們連連後退，縮在這僅餘的托庇的空間。他說起他的計劃，他說已找到願意出錢的老闆，辦一份通俗刊物，而他自己希望除了媚俗之外，可以把其中一部份篇幅辦好，留作有意義的用途。我默默聽着。在我們站立的地方旁邊是一個報攤，上面放滿了五光十色的刊物，新的和舊的、娛樂的、婦女的、青年的、色情的，有些才剛出版，又有些已經沒有新的一期了。這一年來，許多嚴肅刊物結束，也有許多色情刊物湧進投機的潮流，但亦不見得就站得很穩。普遍的經濟不景之下，彼此都受到威脅。報攤的婦人正拿起一幅遮雨的白色膠布，蓋過所有這些品類複雜的刊物。雨仍在下，仍然是滂沱的雨，滿地的污濕。地上一些撕碎的報刊的紙片很快就被行人踏成黑色的一片，或者隨污水沖下溝渠，橫飄進來的雨滴敲打着遮雨的膠布，在這上面積成一汪汪的水，膠布下刊物的鮮明顏色，顯得有點朦朧了。

我聽着他的說話。當然我相信他，只是我不大肯定，他能否堅持在媚俗中保持一些不媚俗的東西。而且在目前這樣的情況下，即使媚俗，要成功也是非常困難的。

幾個月後，我去灣仔拿東西，順便去附近他工作的新址探他。那是一個地下鋪位，一個印刷房，高豎着巨大的黑色機器，而在門邊，放一張小小的檯，堆滿文稿，他就在那裏辦事了。後來我曉得他是沒有薪金的，大概是老闆出資金而他出人力，如果賺了就分錢、虧了就一個子兒也沒有的合作方法。當時我就想：那麼我們也沒有理由要求他堅持甚麼甚麼了，我們會想到原則、口味、理想一類的東西，在他來說卻是實實在在的生活呵。

那裏還有些別的人，在這狹小的地方，巨大而嘈吵的機器旁邊，多幾個人就顯得很擠迫了。第一期正在「埋版」，他讓我看那些稿件，多是電影、電視和其他娛樂稿，但也有新聞分析、清新和紮實的副刊。他在某方面堅持了他的口味，即使娛樂稿，也文字流暢。我翻翻他桌面上其他同類的刊物，有些白字連篇，有些標題也弄錯了，有些語氣輕浮、刻薄；又有一份，甚至只是把報紙新聞剪下來拼成，在中間加上兩頁裸照便算。跟這些投機馬虎的刊物比較起來，W君的無疑是老老實實地辦出來的娛樂刊物。

他要我給他一點意見。其實當時在旁邊發表意見的人已經夠多了。有人把一疊疊的裸女刊物遞給他看，又有人在談增強社會性的問題。這種簡陋的

刊物的編輯部的氣氛，過去對我來說一直是熟悉不過的，總是抽了一根又一根的香煙，瀰漫滿室的煙霧，喝着街上叫回來的厚杯的咖啡，然後就總有人在那裏吹牛，發表意見，提議路線。總是有個把人在那裏，好像甚麼也曉得的那樣，分析某份雜誌倒閉的原因，分析讀者的心理，分析一份雜誌如果要暢銷就要走甚麼群眾路線。這樣的人多半沒真正參與做過甚麼事，只在那裏提意見，而當別人照這意見去做而失敗的時候，他們又去分析別人失敗的原因了。我的朋友是老實人，我希望他這份工作可以做得長久。但已經有太多人向他提意見了。所以當他叫我提意見而又一邊手忙腳亂地趕印刷的期限時，我沒有甚麼好說，只是幫他把兩頁副刊的版樣畫好算了。

室內太擠迫，我們只好把工作搬到門外，就在這橫街的行人路上，撐起一張褶檯，伏案工作。偶然一兩個路過的行人會停下來，好奇地看看，以為這是新潮的寫信佬行業還是甚麼的。

這偶然做的一個下午的幫工叫我感到有點荒謬。在飲食介紹、財務公司秘聞和男女明星起居注之間，夾雜着一篇畫家的訪問記。正如在停泊汽車和讓街童玩耍的橫街上，有人撐一張桌子工作。畫版是在雜亂中做一點整理，但四週其實是亂紛紛無可整理的一片。坐在那裏做一點甚麼是很荒謬的，但比坐在室內聆聽空談，無疑確是舒服得多了。

那天以後，我又有一段時間沒有碰見我的朋友。幾星期後，他的雜誌出版了，夾雜在許多同類的娛樂

刊物之間，被更投機更搶眼的刊物壓着。

再遇見他那次是他帶着一群年輕的手足在街上貼海報。我的朋友做事很認真，你甚至可以説他有點緊張吧。那是灣仔區一扇貼滿海報的牆，不，我想起來了，那不是牆，是一堵建築地盤的木板牆，後面空空洞洞的，從木板的空隙中望進去，你會發覺後面空得怕人，那裏甚麼也沒有。這地盤空置太久，於是人們就在木板上貼滿海報：甚麼藥丸、藥酒、傢俬展覽會或是那種男女主角都穿得很少的電影的海報，偶然也有一兩張音樂會或藝術電影的海報，但沒多久就被人蓋過了。這些牆上的各種海報，貼上以後，不消一兩天，就讓人撕爛、塗花，或是被新的海報蓋上。但為了宣傳、做生意，而且也真有以此謀生的人，所以海報還是一層層地貼上去。

我在那裏遇見他，所以就停下來說幾句話。他當時充滿信心，對於工作的勞苦和條件的限制毫無怨言。

他指揮他們刷多一點漿糊，把海報貼在牆上。通常貼海報的都是那麼隨便一刷算了，他卻要它們穩穩實實貼好。旁邊的人都覺得他有點過份緊張了。

那天因為他還要做保利公司的新聞，而我也趕着上班，大家沒有說上幾句話。後來我每期都買他的刊物來看，是普通的娛樂刊物，聽說銷路還不太差。他自己嘗過失業的滋味，所以在刊物中設有免費的職業介紹站，這類事情很難得，正如他始終堅持一個認真的副刊，我覺得這也真不容易。沒有在這一行工作過

的人永不會知道，人是容易變得多麼勢利的。每個人都在談宣傳自己的說話、投機地跟隨熱門的潮流、對自己沒有利益的事都不去做、巴結成功人士並且踐踏失敗者。

我高興W君有自己的原則，老老實實地辦自己的事。但他一方面要通俗，一方面要認真，兼顧這兩方面似乎使他傷透了腦筋。他不是本地的「蠱惑仔」。他做事有時是笨拙的，就像我們一樣，出發點是好的，做到後來可能就弄糟了。我們常笑他：做事緊張，說話嚕囌，做事糊塗。但是，如果他不是這樣，如果他是「醒目仔」，又或許不會有所堅持了。

有時看他的刊物，一些娛樂稿改上一兩個嘩眾取寵的標題，內文卻仍然十分正經。他以他不善逢迎的手法，無疑亦想走通俗的路線。他總是說：「含蓄是不夠的，要喊出來才行。」

但即使他呼喊出來，又有沒有人聆聽呢？

也許事情實在比我們所想的要複雜一點。而現在回想起來，最可惜的是：雖然我們都希望他辦好點，但卻幾乎沒有給過甚麼實際幫助，只是袖手旁觀，看着他捱下去。也許我們都可以歸咎於自己的生活、工作、情緒。但，真是這樣嗎？也許我們都以為還有許多時間，沒想到刊物轉眼間就支持不住結束了。

他刊物上介紹職業的一欄，求職的人多，但願意提供職位的廠家和老闆卻一個也沒有。想法跟現實總是距離很遠。刊物創辦以來，一直就有不少人叫他老闆取消文藝副刊，改刊裸照，以及其他種種投機的做

法。但有些事他不願做——或者説他不能做，因為他的背景、他的想法，做不出太過份的事來。

在雜誌結束的前夕，我又見過他一次。那時只曉得有些困難，銷路不大好，卻絕對沒料到要結束了。印刷房裏面燈光黯淡，人好像少了點。但仍有個我不認識的人拿着本裸女雜誌説怎樣才是最聰明的做法。不幸——或者説幸而——W君並不那麼聰明。説起銷路不好，他也沒怪老闆、設備或其他甚麼。他仍然保持着那種捱得住苦的質素，沉着工作。過了不久，雜誌沒出版也沒了他的消息，過了一期又一期的時間，我們才曉得那真是結束了。最後一期雜誌在報攤上還放多一個月左右，然後才在那些花花綠綠的報刊間消失。就像每份雜誌停刊那樣，外面的人開始分析他的失敗，勢利地表示這是堅持文藝的下場，另一些人像螞蟻圍着糖果那樣湧往新的雜誌社。我沒有再見到我的朋友，不過我懷念他。希望他已找到一份更好的工作吧。

(一九七六年一月)

不願變狼的羊

有人談到你的作品了。奇怪的是，他竟然以為你的拗曲可能是一種匠心的經營。一個細讀過那些作品的人，怎可能提出一個這樣的疑問？

不管怎樣，人們逐漸開始承認你了。在過去，我們談起你的作品，還要冒着別人冷笑的嘲諷；說喜歡你的作品，還要被人認為是品味不佳；因為替你辯護，還跟人發生爭執。而現在，忽然間，再也沒有這樣的麻煩，緊卡着的關閘開放，人們容納你進去了。

但我想你始終是一個不願意買票進場的人。你不會買票。結果人們說：你不買票也可以進來了。他們又加上一句：他不過是個頑皮的孩子，假裝不買票吧了。但我想你並不要這種寬恕。

因為你並不是假裝的。你寫下的每個字都是你。你做過種種不同的事情，你在每一處都留不長久，你跟這世界有一場連綿數十年的爭吵，你長期失業，你無法跟這個世界相處，最後甚至要跑到高山上去。這哪裏是甚麼精彩的情節呢？這是你的一生呵。

人也許只有兩種吧，我想。要就是狼，要就是羊。這世界上那些自滿自負的人是狼，而你始終站在對面，在被摒棄者群中，在沉默忍受者群中，在羊群中。

這世界上許多人假扮是羊，但一有機會，他們就變成狼了。但你不是。仍有許多人在孤獨中展讀你的作品而產生共鳴，獲得勇氣去學習做一個忠於自己的人。

(一九七一年十月)

遠去的人

　　聽說你又一次遠去，我是看別人寫你才曉得的。

　　遠去或許是好的。有人說遠去可以製造一段距離，令朋友覺得彼此可以忍受。因為對方缺席了，自己就可以隨意設想，照自己所想的形象塑造對方，把對方美化，簡化為一個概念，那就一切都容易接受。我始終覺得，困難的是兩個朋友如何相處、如何接受轉變與經歷磨擦、如何分享又如何發覺有些事情無法分享。那種無可奈何的感覺使人不快，那種接觸帶來挑戰，時日帶來考驗。而一旦遠去，就只剩想像，沒有行動；只剩過濾的記憶，沒有參差的現實的反駁。複雜的性格變成只剩一個鮮明的形象了。

　　而你，是一個可以留給別人鮮明印象的人，所以描寫你總是容易的。

　　記得第一次見到你的時候，不知是在學生休息室還是甚麼地方，就被你不羈的行為和侃侃而談的態度激怒了，那時我年青很多，所以就冷冷地說：事情未必是這樣的吧……這就開始了我們的爭辯，也開始了我們的友誼。

　　總是從談話開始……你從沒有興趣去旅行，對電影也不熱心，只是談話。在談話中，我們逐漸發現彼此興趣相近的地方。當我們在膳堂或學校的草地上相

遇，就總是談個不休。有時，比方說，我們會逃課，賴在膳堂喝咖啡，只為討論布祿東「空氣在她玻璃的股上」那樣美妙的句子。

你是個一開始就給予人強烈印象的人。那時我們在同一所學校讀書，大家都對那種腐敗的制度、那些弄權的系主任和註冊主任不滿。但當我充滿怨言，你卻能遂於行動的快感。你可以在不高興的時候，不理教授的喃喃自語，就這樣推門走出課堂；你在早會上發出噓聲，並且當着那個猥瑣的註冊主任面前，作出叫他嚇得半死的行為。我當時沒有想這方法對不對，卻全然佩服你行動的勇氣。為了吸引一個女孩子，你從二樓跳到操場上。

你一次又一次躍下、喊叫，推門離開，你確是給人留下印象的人。即使不是用動作，你也可以用言語說出。你是最佳的談話對手，可以把一件事敘述得栩栩如生，可以把意見表達得堅持而又婉轉。你的言語是你的外貌的反面：世故、寬大、幽默而且豐富。在你凌亂的頭髮和衣服、稜角的外貌底下，你的言語卻總是有條理、有趣味，而且總是為人着想的。這就像你的詩，儘管你是個某方面看來頗為粗豪的人，它們卻溫柔、婉約而且簡短。我所見的不多，但已興奮於這新一面的發現，也許是第一個向別人推薦它們的人吧，我甚至把它們寄往別的地方了。就像我把你介紹給其他的朋友一樣。

那時我們都熱心於溝通，熱心於把自己所有的與別人分享。我們曾經許多夜晚在咖啡室中深談；我

記得，有一所咖啡室有一列臨街的窗子，牆上有一副白色的面具，就跟你家中牆上的一副面具一樣。我們在那裏談到許多舊俄小說中那些寬大開朗的人物，以及根據這些小說改編而成的電影。現在，我偶然會回到那所餐廳吃飯，不過那兒現在已改變許多：名字換了；添上賣餅的櫥窗，窗子不再臨街；幽雅清潔的牆上出現了絲絲污漬和裂紋；而且，牆上也沒有了那副白色的面具。

當我最先找尋葛蒂沙的集子，是你替我找來的；知道我喜愛杜布菲的畫，有一年，你特別找來他繪的一張聖誕卡……但當然，最難得也最有心思的禮物還是你的說話。你說那些過去的朋友：那個唸佛而家中堆滿了佛像的友人，那個狂放的寫詩的人，他們現在都活在另一個地方，一個跟這裏如此不同的地方。你是離開那裏遠去而來到這裏的，在那裏的時候，你曾因為甚麼也不做、甚麼會也不開而備受批判；來到這裏，你許多時仍是沉坐在你家的藤椅上，甚麼也不想做。你幸運的地方是你總可以離開那裏，「遠去」來到這裏，現在又離開這裏，「遠去」到別的地方去。你那些友人留在背後，過那些不堪的日子，你給我繪畫了他們的形象；至於那些畫、那些詩，你沒有給我看過，你都丟失了。但你用說話描繪使它們成為一種形象。一些遙遠、不可觸及而可以懷念的東西。

等到我們先後離開學校，那些在草地上閒談的日子就成為過去了。我立即就開始幹不願幹的工作，負上沉沉的責任，這條路直到現在還未走得好。比我好

的是，你更率性、更不妥協；而比我幸運的是：你即使不妥協不工作生活也沒有問題。於是當我輾轉從一份工作跳到另一份，你仍是無言地坐在家中，或者踱長長的夜路。

生活、環境和各自的朋友使我們逐漸疏遠。然後你去了外國。那是你第一次遠去。無疑我替你高興，甚至是羨慕你的。生活教曉我有些事無法拋下，不能猝然離開。而你，飄然遠去，沒多久，過了幾個月吧，又回來了。

當我們再見面的時候，我原以為會有一次熱烈的談話。但你只是搖搖頭說：並沒有看到甚麼。你說你原以為打算逗留許久，還有許多時間去看事情，但臨時決定回來，就哪裏也沒有去。你有你的消沉，但逐漸我沒法了解那原因在那裏；正如我的煩惱如藤如蔓，糾纏不清，但也很難跟你談及。於是我們就只是談那些遠去與消失了的事。

談到現況，談到無法改變的將來，話中就好像有了顧忌，避開那些分歧，只能說些安全的、過去了的人和事。等到說盡了遠去的，話便斷斷續續地熄滅下去，只剩窗外無邊的黑暗。

偶然，我們還會碰到，見面的時候，有時你給我看新寫的詩，而且你談到怎樣寫它們。你說起來是精彩的，你的想法，你想表達的東西，你的聯想和敘述的話語，使我看你的詩時覺得它們表達不出你所說的東西。它們的調子仍然輕柔。當然，你雖寫得簡單，但也從不粗糙，許多時仍然有好的句

子。我只是不同意你那些迷信靈感一湧即成的觀念。

我看詩的判斷可能自信，但對生活上的取捨卻一天比一天猶豫。無疑在各方面我們都無意地走上不同的路。你狂放、採取直接的行動，順從感情的突然起伏；我卻過份猶豫，思慮多於行動。要等我們相距了這麼遠，然後我才發覺你的一面其實有不少優點，但相處的時候卻只見距離。正如較早時，你好意替我們做了一個訪問記錄，我卻覺得遺漏太多，不夠準確。你一定嫌我過於苛刻地要求完美，我卻無法忍受突然而來的放任，還有凡事做不好就立即放棄不做的態度。距離或許就這樣形成的。

後來，我偶然還會聽到遇見過你的人告訴我說你夠狂夠放。我自然也欣賞你率性行動的勇氣，但我原來更欣賞的是你為人着想，能夠從事物中有所發現而與人分享的一面。是你那一面逐漸隱退，還是被過強的外貌遮掩而不為人發現呢？

我不知道。

這亦只是個平凡的故事。許多人嘗試溝通，偶然，他們成功，然後逐漸又回到那無言的灰暗的地帶。

後來，你出版了一本詩集。我看了，也看到別人對你的一些讚揚。我沒有說甚麼。我想，於你來說，可以有勁去做一點甚麼，至少是比甚麼也不做更快樂一點吧。

最後一次在路上遇見你，我說：我們去喝杯咖

啡吧。斷續的沉默以後，我們談到了詩。你寫了最近的幾首給我看。這一首，你説，是看了那位意大利導演回中國拍攝的那部電影後寫的，你説到你遠離了的故鄉，你説到片中那些女孩給你的感動，那些髮的感覺。你這樣説着，而你看着我，好像要我坦白説點甚麼。我説：聽你這樣説，我明白你想説的是甚麼：但只是看詩本身，卻沒有這麼多。是否還沒有把你的感受説出來呢？而你就立即説：如果你是喜歡長一點的詩，這首倒是長點……説着你又寫了首長點的給我看。但當然，我指的並不是長度。又比如這一首，我指着另一首説，給我一個形象，裏面有一點感覺，但好像還未出來，就已經完了。我們談到表達的問題，你説：有些詩描寫得很準確，但沒有意思，沒有感情，那又有甚麼道理呢？我説，這樣説是對的，但有了感情，寫的時候，有時還是沒法把那複雜的感情傳達出來。

當時我們總好像談不攏的樣子。但過了這麼久，現在一切都可以變成一個微笑了。我們那時並不曉得，光是這樣，兩個人坐在咖啡館中，爭辯一些諸如詩這樣的問題，已經是十分難得的光景。可以把話説出來，即使爭論，也比充滿狐疑的沉默好。

然而我們結果卻只是沉默下去。當話説完，便只剩下外邊街道上殘瑣的聲音。每次想到一個話題，要説出口，便想到二人之間那愈來愈遠的距離，又打消了説出來的意思。話就像煙圈，一個一個冒升，未形成又消散了。偌大的咖啡館空盪盪的，開着過冷的冷

氣。

或許那不是煙圈，那是雲。就像你詩中說的那樣，你乘上一朵，在孤靜的山谷上面，徐徐遠去。過了很長的一段時間沒有見面，然後最近聽說你又到外國去了。

現在隔了這麼遠，我也不知怎的竟會說起你來。當人遠去，就變成一個形象。隔開一段距離，就甚麼都不要緊。只有在最接近的時候，兩個人才會因為對方竟然對某些事這樣想這樣看而覺得奇怪，兩個人才會竭力想幫助對方並因為幫助不成而生氣，才會不願意看見對方太受過去影響不能過現在的生活等等……但一旦隔開，便自然瀟灑了，一切只是一片遠去的雲，而雲，是可以欣賞的。

我說一切都可以變成一個微笑了。我說你，其實我也想到別的人。不光是你和我，而是任何一個人和另一個人。無端受阻於現實的瑣事，反而可以容納遙遠的形象。已經有人說我把你過份美化。或許並不是，只是隔去真實接觸的侵蝕，一切容易接受得多；不再設法改變人與人之間那些無法改變的分歧，或許就可以微笑了。我抬頭看見一朵雲無言遠去，而我仍走在人來人往的灰塵的路上。

（一九七五年五月）

後 記

　　坐在這面窗前，想着那面窗子。明天還要回去，收拾留下的書本。住了十年，中間離開五年，還是記得那窗外面山上一列綠竹，在風中溫柔擺動，翻出白色閃光。不過是一面小小的窗子吧了，看着那些光影，倒是寫了許多字。後來離開了，看到更多壯闊的山水，遇到更多動人的事物，提起筆來，卻總想等到一個比較安定的時空再寫吧。回來了，推着木頭車，把一袋袋書從郵局搬回家，來回走了一趟又一趟。書本擠在透不過氣的空間裏，隨回南的天氣潮濕，無奈地皺眉。現在我抱歉地拭乾淨，望它們不再辛酸。我看着書本的傷痕，想它們也像人一樣，會遭遇瀕於死亡的衰竭，需要一段時間才可以逐漸康復。幾年生活的不安定，失去的東西太多，也沒有強求事物的心素，只剩下這麼一堆書，也難保不沾灰塵，要用力拭拍，在陽光下曬它幾天。隔了幾年再回到窗前，還是覺得那片綠色是熟悉的。我們也曾經爬上巍峨的山頭，我們也曾經對着汪洋打開胸懷暢談呢。婦人們把水潑出去，路上蜿蜒流動着青山。我們看到了麼？我們願意細看麼？鳥兒吱吱亂叫，木頭車轆轆轉進小巷。改變太多了。搬空了書籍的牆壁，令我想起鬆牆的朋友們。地板都垮鬆了，縱橫留下許多痕跡，記得

每一個在搖椅上坐過的人。把盆栽從窗框上解下來，窗子露出本來樸素無求的面目。竹葉青青的晃動，卻已變得稀疏了。山邊蓋了木屋又拆去，損了滿山青綠。室內也變狹小了，夜晚看書的時候，沒有安坐的地方，有了更多蚊子和蟲兒，書本也難以細讀，都擠在一起，要找的也不曉得到哪裏去了。因為過去模糊不清，未來也變得不能確定，浮浮泛泛的，好似虛懸在許多重重疊疊的時空裏，看着那一點綠色，欲說還休。那些感覺，是真的？是假的？我們曾看見青葱爛漫，變成浩瀚的高山，又見它在悠悠的日子中，一分分受侵蝕。從高山俯覽，可見連綿的全貌，但漫遊的時候，一草一石何嘗不足以細看？許多單獨的點，在回想中串成線條與色面。這是想像中的風景？是因為失去一叢濃密的青綠，失去一些過去的記錄，所以虛構出來的？然後有一天，在酒館裏，朋友遞給我一個棕色紙袋，打開來一看，裏面盡是當時坐在窗前寫下的字。重讀一遍，竹頭木屑裏，隱約似有昔日的山水城市、日夜光影。剪裁一番，也許可以把過去和現在連在一起，可以代替我的沉默說話？舊稿編成新書，眼前儘有嗆鼻的灰塵，變幻莫測的氣候，但願懷念的山川人物常青。

後 記

　　坐在這面窗前，想着那面窗子。明天還要回去，收拾留下的書本。住了十年，中間離開五年，還是記得那窗外面山上一列綠竹，在風中溫柔擺動，翻出白色閃光。不過是一面小小的窗子吧了，看着那些光影，倒是寫了許多字。後來離開了，看到更多壯闊的山水，遇到更多動人的事物，提起筆來，卻總想等到一個比較安定的時空再寫吧。回來了，推着木頭車，把一袋袋書從郵局搬回家，來回走了一趟又一趟。書本擠在透不過氣的空間裏，隨回南的天氣潮濕，無奈地皺眉。現在我抱歉地拭乾淨，望它們不再辛酸。我看着書本的傷痕，想它們也像人一樣，會遭遇瀕於死亡的衰竭，需要一段時間才可以逐漸康復。幾年生活的不安定，失去的東西太多，也沒有強求事物的心素，只剩下這麼一堆書，也難保不沾灰塵，要用力拭拍，在陽光下曬它幾天。隔了幾年再回到窗前，還是覺得那片綠色是熟悉的。我們也曾經爬上巍峨的山頭，我們也曾經對着汪洋打開胸懷暢談呢。婦人們把水潑出去，路上蜿蜒流動着青山。我們看到了麼？我們願意細看麼？鳥兒吱吱亂叫，木頭車轆轆轉進小巷。改變太多了。搬空了書籍的牆壁，令我想起鬆牆的朋友們。地板都垮鬆了，縱橫留下許多痕跡，記得

每一個在搖椅上坐過的人。把盆栽從窗框上解下來，窗子露出本來樸素無求的面目。竹葉青青的晃動，卻已變得稀疏了。山邊蓋了木屋又拆去，損了滿山青綠。室內也變狹小了，夜晚看書的時候，沒有安坐的地方，有了更多蚊子和蟲兒，書本也難以細讀，都擠在一起，要找的也不曉得到哪裏去了。因為過去模糊不清，未來也變得不能確定，浮浮泛泛的，好似虛懸在許多重重疊疊的時空裏，看着那一點綠色，欲說還休。那些感覺，是真的？是假的？我們曾看見青葱爛漫，變成浩瀚的高山，又見它在悠悠的日子中，一分分受侵蝕。從高山俯覽，可見連綿的全貌，但漫遊的時候，一草一石何嘗不足以細看？許多單獨的點，在回想中串成線條與色面。這是想像中的風景？是因為失去一叢濃密的青綠，失去一些過去的記錄，所以虛構出來的？然後有一天，在酒館裏，朋友遞給我一個棕色紙袋，打開來一看，裏面盡是當時坐在窗前寫下的字。重讀一遍，竹頭木屑裏，隱約似有昔日的山水城市、日夜光影。剪裁一番，也許可以把過去和現在連在一起，可以代替我的沉默說話？舊稿編成新書，眼前儘有嗆鼻的灰塵，變幻莫測的氣候，但願懷念的山川人物常青。